WERWOLF-FRISCHLING

DIE ERSTEN 8 ABENTEUER VON SARA FLORES

SUE DENVER

WERWOLF-FRISCHLING

Veröffentlicht am 16. August 2022 in englischer Sprache und am 18. August 2025 in deutscher Sprache von JGF Press, Crossville, TN, USA

EINLEITUNG

Als ich das erste Mal in meinem Leben einen Wolf in echt sah, war es um mich geschehen. Wir befanden uns auf entgegengesetzten Seiten eines Zauns, lebten in verschiedenen Welten. Aber er berührte meine Seele auf eine Weise, die mich fragen ließ ... wie wäre es wohl? Was wäre, wenn ich ein Mensch bleiben, aber auch Zeit als Wolf verbringen könnte? Ein echter Wolf.

In meiner Vorstellung wurde ich zu einem Wolf. Und mit diesem Buch kannst du das auch!

Diese acht paranormalen Krimi-Abenteuer begleiten Sara Flores in ihrem ersten Jahr als Werwolf-Neuling. Sie ist völlig auf sich allein gestellt. Kein hilfreicher Mentor. Keine Warnungen vor Gefahren. Sie weiß nicht einmal, was sie tun kann und was nicht! Und das alles nur, weil der Lupiti-Schamane, der sie verwandelt hat, die Dreistigkeit besaß, dreißig Minuten später zu sterben.

Komm mit auf diesen Ritt und erlebe mit, wie sie damit ringt, wie und wann sie ihre neuen Gaben einsetzen soll. Was ist der Sinn – die Mission? – ihres neuen Lebens?

Wenn sie beschließt, Menschen in Not zu helfen – wie wird sie das anstellen? Sie hat keine Ausbildung bei einer Spezialeinheit. Keinen Militärdienst geleistet. Sie ist eine Ex-Hausfrau, um Himmels willen! Könnte sie sich dieses Zeug im Internet beibringen?

Wenn sie es mit wirklich üblen Typen aufnimmt – wird es für sie in Ordnung sein, sie zu töten? Und wenn sie es tut, wäre es dann okay, sie zu fressen? Wenn sie schon tot wären und sie wirklich, wirklich hungrig wäre?

Wie wird sie für ihren Lebensunterhalt sorgen? Wenn einige der Bösewichte reich sind, wäre es dann okay, sie zu bestehlen – um zukünftige Rettungsaktionen zu finanzieren? Und was ist mit einem schönen Haus? Gibt es eine Grenze, wie viele Millionen sie nehmen könnte, bevor es als übertrieben gelten würde?

Wird es Spaß machen? Wird es ihr gefallen, Übeltäter zu verprügeln? Ohne Angst durch dunkle Gassen der Stadt zu gehen. Zu wissen, dass sie stärker ist als jeder, dem sie begegnet. In die Augen von Schlägern und Möchtegern-Vergewaltigern zu blicken, wenn diese erkennen, dass sie sich die *wirklich*, wirklich falsche Frau ausgesucht haben, um sich mit ihr anzulegen!

Wird es ihr zu sehr gefallen?

Und – am allerwichtigsten – wie kann sie ein Opfer nach dem anderen retten, wenn sie dadurch knietief in dessen Schmerz steckt? Wenn sie immer und immer wieder sehen wird, was für schreckliche Dinge Menschen bereit sind, anderen anzutun. Wird es ihr das Herz brechen? Wird sie am Ende den leblosen Blick haben, den man bei manchen Polizisten sieht, die zu viel miterlebt haben?

Sara weiß nur, dass sie es versuchen muss – sonst würde sie es sich nie verzeihen.

Also, komm mit mir auf die Reise. Aber schnall dich an – es wird ein holpriges erstes Jahr!

Sue Denver

[Versteckt in den Wäldern von Middle Tennessee]

LOB FÜR SUE DENVER

„Je besser ich Sara Flores kennenlerne, desto mehr liebe ich sie. Ihre schlagfertige, sachliche Art macht jede Seite zu einem Abenteuer. Ich wünschte, ich könnte mehr verraten, ohne zu spoilern, aber so viel sei gesagt: Dieses Mädchen fackelt nicht lange. Je mehr ich lese, desto mehr will ich! Diese Reihe ist ein großartiger Binge-Read!"
THE INTERNATIONAL REVIEW OF BOOKS

„Ich liebe die Welt, die Sue Denver in *Curiosity Kills* erschaffen hat. Für eine kurze Novelle hat sie es ganz schön in sich. Die Kultur der amerikanischen Ureinwohner, Politik, David gegen Goliath und Cyberangriffe. Und dann ist da noch Sara, unsere Hauptfigur, die eine rücksichtslose Ader verkörpert, aufgelockert durch schnippischen Humor und praktisches Mitgefühl."
MJ SILVERSMITH, DISCOVERY

SARA FLORES WELT

WAS DU WISSEN SOLLTEST
- Saras Welt ist unsere alltägliche, normale Welt.
- Niemand glaubt an Werwölfe, Vampire oder irgendetwas Übernatürliches.
- Sara auch nicht – bis es ihr selbst widerfuhr!

KURZGESCHICHTE 1

WOFÜR SIND FREUNDE DA?

SUE DENVER

WOFÜR SIND FREUNDE DA?

1

Wofür sind Freunde da?
Von Sue Denver

Sara Flores beerdigte an jenem Tag ihren Freund Joe White Wolf, hoch oben auf dem Fremont Peak, außerhalb von Canon City, Colorado. In einem Loch im Boden, das sie selbst gegraben hatte. Obwohl sie wusste, dass es illegal war. Und dass es ihr später echten Ärger einbrocken konnte.

Sie musste es einfach tun. Bei dem Gedanken, dass Joe tagelang in einem Leichenschauhaus herumliegen würde, lief es ihr eiskalt den Rücken herunter. Er musste mindestens zwei Meter tief unter der Erde sein, und zwar sofort. Die Erde über ihm festgestampft. Vielleicht noch mit ein paar Felsbrocken obendrauf gerollt.

Wer zum Teufel wusste schon, was sonst passieren konnte?

Zehn Jahre zuvor hatte Sara ein Haus und einen Ex-Mann hinter sich gelassen und war in die Gorge Hills von Colorado gekommen, um ein Leben als Einsiedlerin zu versuchen. Wenn es eine Midlife-Crisis war, wie ihre Freunde sagten, dann war es eine gute. Sie hatte in diesen Hügeln gelernt, wieder zu atmen. Tiefe, gierige Züge voll Luft, nicht die beklemmenden, knappen Atemzüge ihres früheren Lebens. Sie hackte Holz, lernte, die Ritzen in ihrer winzigen

Blockhütte auszubessern. Sie lernte das gute, ehrliche Fluchen, während sie sich mit den Tücken der Hüttenklempnerei herumschlug. Babe, ihre quirlige Deutsche Schäferhündin, war all die Gesellschaft, von der sie geglaubt hatte, sie zu wollen.

Joe änderte ihre Meinung darüber. Er entpuppte sich als ihr nächster – falls drei Kilometer Entfernung als nah gelten – Nachbar. Und über die Jahre wurde er für sie zu einer Art Wahlvater – ein Ersatz für ihren leiblichen Vater, den sie nie gekannt hatte. Joe war alt, vielleicht in den 90ern? Vielleicht in den 80ern? Er wollte es ihr nicht sagen. Er war ein reinblütiger Lupiti, mit einem einzigen langen, schneeweißen Zopf, der ihm den Rücken hinunterhing.

Joe redete nicht viel, außer wenn sie wanderten und er sie auf interessante Pflanzen hinwies. Einmal zeigte er ihr Hopfen. „Daraus wird Bier gemacht", hatte er ihr erklärt, „aber er hat auch antimikrobielle Eigenschaften bei Infektionen."

Joe war wie sie ein begeisterter Leser und manchmal empfahl er ihr ein Buch. Normalerweise über die Indianerkriege. Oder Pflanzen. Oder Tiere. Er liebte Tiere. Er hatte einen grauen Wolfshund namens Skidi, der ihm auf Schritt und Tritt folgte – und der es liebte, mit Babe Fangen zu spielen.

Es war ein gutes Leben, bis Joe im August krank wurde. Er lehnte eine medizinische Behandlung ab; sagte, seine Zeit sei gekommen. Also verbrachte Sara jeden Tag Stunden damit, ihn zu füttern und zu versuchen, es ihm angenehmer zu machen.

Sie entdeckte, dass Joe einen ganzen, separaten Raum hatte, den sie zuvor nicht gesehen hatte. Gefüllt mit altertümlich aussehenden Waffen – Messern, Bögen und Speeren. Und einige Bücher, die handgeschrieben waren, manche auf Englisch, aber einige in einer Sprache mit haufenweise Doppelvokalen. Und seltsamen Konsonantenkombinationen. Lupiti? Zwei waren auf pergamentartigem Papier. Aber eines schien auf, was? Rinderhaut zu sein?

Als sie an jenem Morgen bei Joes Haus ankam, sah sie, dass er in seinem Rinderhautbuch gelesen hatte. Zwei Abschnitte waren mit Federn markiert. Seine Augen waren tiefer eingefallen, wirkten fast wie mit Schwarz umrandet. Sie ging zum Herd und bereitete eine

Hühnerbrühe zu, das Fleisch warf sie Skidi und Babe zu, da Joe seit zwei Tagen feste Nahrung verweigerte.

Beinahe hätte sie die Brühe fallen lassen, als sie sich umdrehte und sah, wie Joe ein Messer hielt – eine dünne Klinge aus dunklem Metall, die mit einem roten Tuch an etwas gebunden war, das wie der Fangzahn eines Hundes aussah. Von einem sehr großen Hund. Joe sah ihren Blick, lächelte und schüttelte den Kopf.

„Es ist etwas, das ich tun muss", sagte er zu ihr. Dann benutzte er die Klinge, um sich mehrere leichte Schnitte über sein Herz zu ziehen. Eine Art Muster. Sie holte ein Papiertuch und kam zu ihm, um das Blut abzutupfen.

„Ich muss es versuchen", sagte er, fast zu leise, um ihn verstehen zu können. Dann legte er seine Hand auf ihre. Seine blutige Hand. Und er benutzte das Messer, um ihre Hand zu ritzen. Sara versuchte zurückzuzucken, aber er hielt ihr Handgelenk lange genug fest, um die kleine Wunde mit seiner blutigen Hand zu bedecken. Dann ließ er los.

„Es tut mir leid", sagte er und es klang, als meinte er es ernst. Dann schloss er die Augen und reagierte auf nichts mehr, was sie sagte. Und binnen einer Stunde starb er.

Ihre Hand brannte. Sie sah sie an. Dann Joe. Das Letzte, was er in seinem Leben getan hatte, war, etwas von seinem Blut in ihren Blutkreislauf zu bringen.

Warum?

2

Ehe sie sichs versah, hatte Sara seine Leiche in seine liebste Pendleton-Decke gewickelt und auf die Ladefläche ihres F-150-Pick-ups verfrachtet. Sie fuhr den Highway F30 entlang, dann die kurvenreiche 3A. Schließlich verließ sie die Straße, um noch weiter ins Gelände zu fahren. Sie fand eine kaum einsehbare Senke und begann zu graben. Und zu graben. Vorbei an einem Felsen nach dem anderen, was ihren Spaten erschütterte. Hinab, bis das Loch so tief war wie sie groß.

Sie richtete ihn so gut her, wie sie konnte. Legte seinen langen, silbernen Zopf gerade über sein Herz. Schloss seine durchdringenden, fast schwarzen Augen. Sie schaufelte das Loch zu, stampfte die Erde fest und wälzte die größten Felsen darauf, die sie finden konnte.

Schließlich hielt sie inne. Holte tief Luft. Sie scharrte mit den Füßen und erkannte, dass sie keine Ahnung hatte, was sie als Nächstes tun oder sagen sollte. Sie wusste nicht, welche Totenriten er kannte oder was er gewollt hätte. Nur eine Idee kam ihr in den Sinn, also sammelte sie ein paar Zweige, die trocken genug aussahen, und entzündete ein winziges Feuer auf dem Grab. Sie sah zu, wie der Rauch aufstieg, und hob ihre Hände hindurch.

„Joe White Wolf war ein guter Mann", sagte sie und ließ das

„vielleicht" weg, das sie nach seinen Taten an diesem Tag am liebsten hinzugefügt hätte. „Er hat sich um die Leute gekümmert, wenn sie ihn brauchten. Er war ein Freund für mich. Mögen seine Götter ihn empfangen und auf ihn aufpassen – in welcher Welt er auch immer gegangen ist." Dann setzte sie sich neben sein Grab und wartete, bis die Flammen erloschen waren.

Ihre Hand brannte eine Woche lang; die Wunde hatte sich geschlossen, aber sie blieb rot. Die Zeit zog sich hin, während sie sich Sorgen über das machte, was Joe getan hatte. Sie verbrachte diese Woche hauptsächlich in seinem Haus und las all seine englischsprachigen Bücher. Die drei ungewöhnlichen, die sie nicht lesen konnte – die beiden auf Pergament und das eine auf Rindsleder –, nahm sie mit zu sich nach Hause. Vielleicht konnte sie jemanden finden, der sie übersetzen konnte.

Sie adoptierte mehr oder weniger Joes Wolfshund Skidi, oder vielleicht adoptierte Skidi mehr oder weniger sie. Sie fütterte sie und bot ihr einen Platz in ihrer Hütte an. Aber die Wolfshündin wollte nicht hereinkommen.

Hauptsächlich aber wartete Sara. Worauf?

Sie weigerte sich, ihre Ängste einzugestehen. Sie waren dumm. Oder vielleicht auch nicht. Aber eine weitere Woche verging.

Dann war Vollmond. Junge, das jagte ihr vielleicht einen Schrecken ein. Erleichtert atmete sie auf, als nichts geschah. Zwei weitere Monate und zwei weitere Vollmonde zogen ins Land.

Jetzt schämte sie sich für ihre Ängste. Wie hatte sie sich ernsthaft über so etwas Dummes Sorgen machen können? Es war November und ihr Leben normalisierte sich wieder. Sie lachte sogar über ihre frühere Angst.

Sie war gerade dabei, ihre Regale für den Winter mit einer Ladung Konserven aufzufüllen, die sie unten in Cañon City ergattert hatte, als sie einen Pick-up in ihren Hof fahren hörte. Sie schaute aus dem Fenster. Ein einzelner Fahrer. Männlich. Klein. Langes, schwarzes Haar und eine Hakennase. Abgetragene Jeans und ein zerknittertes Hemd.

Sara zog ihre Walther PPK aus dem Holster und legte sie an ihren rechten Oberschenkel. Und trat aus der Tür.

„Können Sie mir helfen, Ma'am? Ich suche das Haus von Joe White Wolf."

Babe begann neben ihr zu knurren. Sara hob ihren Arm und richtete die Pistole auf ihn, um ihn zu warnen. Es gab ein klickendes Geräusch. Sara griff sich an den Hals, wo sie spürte, wie etwas sie stach. Ein Pfeil? Sie drehte sich um und sah einen zweiten Mann, fast ein Zwilling des ersten, aber größer, gerade als Babe sich auf ihn stürzte.

Von links, vom ersten Mann, kam ein viel lauterer Knall. Ein rotes Loch blühte auf Babes Körper auf.

„Babe!", schrie sie, als ihre Sicht verschwamm. Sie zwang ihre Hand, den Abzug zu betätigen. Flehte ihren Finger an, sich zu krümmen. Hatte sie es geschafft? Dann fiel sie hin und sah nichts mehr.

3

Sara kam wieder zu sich, mit dem Gestank von Körperschweiß in der Nase und Schmerzen im Kopf, der auf dem Boden lag. Sie öffnete die Augen und sah, dass sie in Joes Haus war. Als sie den Mann ansah, der geschossen hatte ...

„Babe!" Sie blickte sich um und sah Babes leblosen Körper neben sich auf dem Boden liegen. Sie hastete zu ihr, aber der Hund war kalt. Sie strich ihr über das Fell, legte sich auf sie und weinte – die Tränen strömten nur so aus ihr heraus und durchnässten Babe.

Während sie weinte, wurde ihr klar, dass noch ein anderer Mann im Raum war. Also mindestens zwei. Sie war in Gefahr. Sie setzte sich auf, plötzlich wachsam und auf der Hut, während ihr die Tränen noch übers Gesicht liefen.

„Das war also ein Hund", sagte der kleine Mann, der Babe erschossen hatte. In seiner Aussage schwang eine leise Frage mit. Und er saß so weit von ihr entfernt, wie es in dem Raum möglich war, und richtete einen Revolver auf sie.

Sara starrte ihn an. „Natürlich."

„Ich hab dir doch gesagt, dass es einer ist", sagte der andere Mann.

Sara sah, dass der zweite Mann sich ebenfalls so weit wie möglich von ihr entfernt hatte, wieder mit einer Waffe in der Hand. Sie sahen verwandt aus, abgesehen von der größeren Statur des zweiten Mannes. Und dem „Ich-habe-die-Kontrolle"-Blick in seinen Augen.

„Wo ist dann Joe?", fragte der Kleine.

Tja ... das war eine Frage, die sie nicht beantworten wollte. „Ich weiß es nicht", antwortete sie. „Ich habe ihn seit drei Monaten nicht gesehen."

Die beiden Männer sahen sich an und der Anführer fragte: „Wo sind dann seine Bücher?"

„Na da drin, offensichtlich!" Sie zeigte mit dem Finger.

„Seine Lupiti-Bücher."

Oje, dachte sie und merkte, dass sie mit der Antwort zu lange zögerte. „Ich habe noch nie irgendwelche Bücher von ihm in einer anderen Sprache gesehen."

Sie ließ ihre Stimme ansteigen und fügte hinzu: „Worum geht es hier eigentlich? Ich kannte den Kerl kaum. Er hat mir ab und zu ein Buch geliehen. Wir haben uns unterhalten. Das ist alles." Sie machte Anstalten, aufzustehen.

Beide Männer sprangen auf und richteten ihre Waffen auf sie. Shortys Pistole zitterte ein ganz kleines bisschen.

„Setzen Sie sich wieder hin", sagte der Anführer. „Wir wissen, dass Sie lügen. Joe hat dem Stammespräsidenten geschrieben und gesagt, wenn der Stamm in Schwierigkeiten gerät und er nicht zu finden ist, solle man sich an Sie wenden. Sara Flores. Wir haben den Brief gesehen."

Sara setzte sich.

„Und nur zu Ihrer Information", fuhr er fort, „die Hohlspitzen dieser Kugeln sind mit reinem Silber gefüllt."

Sara erstarrte. Dann zwang sie sich zu einem Lachen. „Tja, da haben Sie Pech gehabt, falls Sie einen Werwolf erwarten. Es ist drei Monate her, dass ich Joe gesehen habe. Das sind drei Vollmonde. Hier gibt es nur mich."

Shorty dachte nach. „Wir könnten ihr ins Bein schießen", sagte er. „Mal sehen, was passiert."

Sara blickte zum Anführer. Sie konnte sehen, dass ihm die Idee gefiel. Schnell sagte sie: „Aber ich weiß, wo Joe ist. Ich kann Sie hinführen."

Wieder wechselten die Männer Blicke. „Sagen Sie uns, wo."

„Ich müsste es Ihnen zeigen. Er ist gestorben. Ich habe ihn begraben. Den Hügel hinter dem Haus ein Stück hoch."

Die Männer dachten nach. Shorty sah Sara an, als wollte er ihr wirklich eine Testkugel verpassen. Sie redete weiter.

„Natürlich weiß ich nicht, ob er noch im Grab ist. Kommen Werwölfe da wieder raus? Oder ist das nur so ein Vampir-Ding?"

„Zeigen Sie es uns", sagte der Anführer und hielt seine Waffe weiter auf sie gerichtet. Er ließ sie zügig vor sich zur Tür hinaus – sodass sie keine Chance hatte wegzulaufen.

4

Und was jetzt?, dachte sie, als sie nach draußen ging und die Hügel hinter dem Haus betrachtete. *Ich könnte sie über den Hügel dort drüben führen, etwa eine Viertelmeile entfernt. Da gibt es eine gute Senke. Wenn sie nicht zu dicht beieinander wären, dann ... könnte ich einen von ihnen erwischen? Mir seine Waffe schnappen, bevor der andere es sieht?*

Ein grauer Schemen schoss vorbei. Sara sah, wie Skidi auf den Anführer zustürzte und sich in das Handgelenk seiner Waffenhand verbiss. Blut spritzte auf. Die Hand, die immer noch die Waffe hielt, fiel zu Boden. Knurren und Schreie erfüllten die Luft.

Shorty kam gerade aus der Tür, als es passierte. Seine Augen wurden riesig. Seine Waffenhand begann zu zittern.

„Joe?", fragte er und blickte zu Skidi. „Joe?" Dann wurde sein Blick hart, seine Hand ruhig, und er feuerte. Einmal. Zweimal. Es wirkte, als könnte er nicht aufhören.

Beim ersten Schuss schrie Sara „Nein!" und stürzte sich auf den Mann. Sie warf ihn zu Boden, landete auf ihm und ihre Hände griffen nach der Waffe. Er würde nicht noch einen Hund umbringen, verdammt noch mal!

Ein Schmerz traf sie, ein Schmerz, schlimmer als alles, was sie sich je hätte vorstellen können. Alles an ihr tat weh. Ihre Wirbelsäule.

Ihre Beine. Sogar ihre Zähne! Ein Schmerz, so stark, dass sie nicht atmen konnte. Das Schreien in ihren Ohren wurde lauter, aber das war ihr egal. Sie würde sterben.

Sie wollte sterben – alles, nur damit der Schmerz aufhörte.

Dann, plötzlich, konnte sie wieder atmen. Sie schnappte nach Luft und zuckte vor dem übelsten Gestank zurück, den es je gegeben hatte. Obwohl ... die Gerüche waren auch interessant. Ein widerlich süßer Geruch direkt vor ihr. Und der Gestank von Angst. Aber auch die Welt! Gerüche, die sie noch nie zuvor geschmeckt hatte. Geschmeckt? Ja! Und Geräusche. Sie konnte ihren Herzschlag hören. Und das panische Rat-a-tat-Pochen des stinkenden, verängstigten, widerlich süßen Dings unter ihr.

Sie hörte ein schmerzerfülltes Jaulen und drehte sich zu Skidi um. Sie blutete. Sara rannte zu ihr. Oder versuchte es zumindest. Ihre Füße verhedderten sich ineinander. Warum? Sie blickte nach unten, doch anstelle ihrer Füße sah sie vier verheddderte Pfoten. Pfoten?

„Oh, mein Gott", sagte sie. Aber ihre Kehle funktionierte nicht richtig, und alles, was sie hörte, war ein Bellen. Sie kroch zu Skidi und sah ein Loch in ihrem linken Bein, aus dem Blut sickerte. Aber waren es nicht zwei Schüsse gewesen? Oder mehr? Sie stupste die Wunde mit der Nase an und beschnupperte dann den Rest ihres Körpers. Dieser Geruch von frischem Blut war nur an dieser einen Stelle.

Moment. Da war eine Waffe! Sie drehte sich wieder zu Shorty um, der immer noch auf dem Boden lag. In der Nähe einer Waffe. Sie knurrte mit all der Wut, die sie auf ihn hatte. Er hatte Babe getötet. Er hatte auf Skidi geschossen. Sie schritt auf den Mann zu und knurrte noch lauter. Er senkte den Kopf zu Boden und legte Hände und Arme schützend darüber.

„Bitte nicht, bitte nicht, bitte nicht", wimmerte er ununterbrochen. Sie roch, wie er sich in die Hose machte. Süßlicher Urin. Kränklicher Urin. Sie ging auf ihn zu und stellte sich (vier Pfoten!) auf ihn.

Die Frau in ihr wollte den Mann töten. Aber ihr Wolf darf einen Gegner, der sich ergab, nicht töten. Stattdessen, noch bevor sie sich entscheiden konnte, hockte sie sich über ihn und pinkelte.

Dann nahm sie Shortys Waffe zwischen die Zähne und ging zurück zu Skidi und dem anderen Mann. Dieser Mann war tot. Sie beschnupperte ihn und mochte den Geruch nicht. Er roch nach Futter.

OK, ich bin ein Werwolf, dachte sie.

Sie bellte ein Lachen und wälzte sich auf den Rücken. Die Frau in ihr kicherte. Sie landete Nase an Nase mit Skidi. Sie musste sich zusammenreißen. Skidi helfen. Sie zu einem Tierarzt bringen.

Das bedeutete, sie musste sich zurückverwandeln. Aber wie?

Sie hatte in den letzten drei Monaten, als sie sich Sorgen gemacht hatte, mehrere Werwolfbücher gelesen. Und weil sie Spaß machten. Alle Werwölfe schienen sich zurückzuverwandeln, sobald sie Fleisch aßen. Das konnte sie versuchen.

Sie stand auf und stupste den toten Mann mit der Nase an. Skidi hatte ihm die Kehle herausgerissen. OK. Was sollte sie probieren? Ein Bein? Die Leber? Warum nicht traditionell bleiben? Sie biss durch sein Hemd, drang unter seinem Brustkorb ein und packte das Herz des Mannes mit ihren sehr scharfen Zähnen. Es war sehr lecker.

Sie fand sich nackt auf dem Boden liegend wieder. Als Mensch.

Dann übergab sie sich. Mehrmals. Angeekelt, abgestoßen und so schlecht, dass sie nicht darüber nachdenken konnte, was sie gegessen hatte.

Sie lag immer noch da und würgte trocken, als ihr klar wurde, dass sie nackt war. Oder fast nackt. Ihre Jeans war zerfetzt und ihr Hemd am Rücken in zwei Hälften gerissen. Sie griff nach den beiden Teilen und starrte sie an.

Dann blickte sie nach unten und sah ihr frivoles rosa Höschen, das von den Fetzen ihrer Jeans bedeckt war. Sie betrachtete es immer noch, als Skidi knurrte – leise und bedrohlich.

Shorty kroch auf seine Waffe zu. Die Waffe mit den Silberkugeln darin.

Sara sprang auf und rannte mit ihm um die Wette zur Waffe. Sie kamen gleichzeitig an, aber Shorty erwischte die Waffe. Sie sprang auf ihn, packte seine Waffenhand und sie rangen darum.

Sara war hochmotiviert – sie hatte keinerlei Verlangen danach, zu sehen, was Silberkugeln bei ihr anrichten konnten. Und sie schien stärker zu sein, als sie erwartet hatte. Er versuchte, die Waffe zu drehen, um sie auf ihren Körper zu richten. Und sie hielt ihm tatsächlich stand. So einigermaßen.

Hör auf, darüber nachzudenken, du Idiot, sagte sie sich. *Schnapp dir die Waffe!*

Shorty hatte sich auf sie gerollt, hatte den Finger am Abzug und begann, den Lauf in Richtung ihrer Brust zu bewegen. Er kniete rittlings auf ihr und drehte langsam die Waffe.

Sara rammte ihm ihr rechtes Knie so fest sie konnte in den Schritt. Er zuckte zusammen, krümmte sich, aber ließ seinen Finger hartnäckig am Abzug. Sie mobilisierte all ihre Kraft und drehte seine Hand herum, sodass die Waffe auf ihn zeigte. Dann riss sie an seinem Finger und die Waffe feuerte.

Shorty ließ die Waffe los und umfasste seinen Bauch, schreiend vor Schmerz. Sara hob die Waffe auf. Sie stieß Shorty ganz von sich herunter und stand auf. Dann richtete sie die Waffe auf die Mitte seiner Stirn und drückte ab.

Sara blickte sich um und atmete tief durch. Sie musste einen Wolfshund zum Tierarzt bringen und zwei weitere Leichen dort vergraben, wo sie niemand finden konnte.

Und ein Lastwagen musste verschwinden. Sie konnte ihn nach Canyon City fahren und ihn mit den Schlüsseln in einer zwielichtigen Gegend stehen lassen. Ein Bus würde sie nach Hause bringen.

5

Drei Wochen später fuhr Sara mit ihrem F-150-Truck nach Lupiti, Oklahoma. Skidi saß auf dem Beifahrersitz und ihren neuen Wohnwagen hatte sie im Schlepptau. Sie hatte mit dem Stammespräsidenten gesprochen und sollte sich mit einem Ältesten treffen, der Lupiti sprach. Sie musste die Sprache lernen, damit sie die drei Bücher lesen konnte, die sie mitgebracht hatte.

Es gab so viel, was sie wissen musste, doch zugleich niemanden, den sie gefahrlos fragen konnte. Anscheinend zwang der Mond sie nicht, sich zu verwandeln. Wenn das schon bei all den Werwolfgeschichten nicht stimmte, was dann noch?

War Joe wirklich in den Neunzigern – oder viel älter? Warum lebte er so weit vom Stamm entfernt?

Es war frustrierend – aber auch berauschend.

Ihre letzten zehn Jahre waren ruhig gewesen. Sicher. Vielleicht zu sehr. Sie wusste nicht, was die Zukunft bringen würde – aber sie brannte darauf, es herauszufinden.

ENDE

KURZGESCHICHTE 2

EIN WOLF IM SCHAFSPELZ

SUE DENVER

EIN WOLF IM SCHAFSPELZ

1

Ein Wolf im Schafspelz
Von Sue Denver

Meine erste Verwandlung in einen Werwolf war furchtbar. Es gab Schüsse, eine Menge Blut, schreckliche Schmerzen. Ihr wollt wirklich nicht wissen, was ich gegessen habe, um mich wieder in einen Menschen zurückzuverwandeln.

Mein Name ist Sara Flores. Abgesehen davon, dass ich ein Werwolf bin, bin ich ziemlich gewöhnlich – mittelgroß, 40 Jahre alt und mit meinen dunkelbraunen, zotteligen Haaren um mein Gesicht herum sehe ich ganz passabel aus. Die letzten 10 Jahre nach meiner Scheidung habe ich in einer Blockhütte in den Ausläufern der Rocky Mountains in Colorado verbracht. Dort lernte ich einen alten Lupiti-Mann namens Joe kennen, der ein Freund wurde.

Ich kann Joe nicht einmal dafür anschreien, dass er mich verwandelt hat, denn er ist gestorben – nicht meine Schuld! –, bevor ich herausfand, was dieser Kratzer an meiner Hand und sein Blut mit mir angestellt hatten.

Außerdem war ich mir nicht sicher, ob ich ihn anschreien würde. Ich fühle mich seit meiner Verwandlung stärker. Selbstbewusster. Ich fange an, meine 10 Jahre in der Blockhütte als eine Art Flucht vor dem Leben zu sehen. Und ich glaube, ich will mich nicht mehr verstecken.

Deshalb parkte ich heute Abend meinen F-150 am Rande des U.S. 289 in New Mexico, der von der I-40 nach Norden durch 40 Meilen absolutes Nichts führte – in Richtung Santa Fe. Joes Wolfshund Skidi saß auf dem Beifahrersitz.

Heute Nacht war Vollmond, auch wenn ich herausgefunden hatte, dass die Verwandlung ihn nicht zwingend erfordert. Ich hoffte, wir hätten etwas Platz zum Laufen, und ich könnte herausfinden, was es heißt, ein Wolf zu sein.

Ich klemmte ein weißes Tuch in das hochgekurbelte Fenster, um zu erklären, warum das Auto hier stand – dann wanderten Skidi und ich ostwärts durch den Wüstensand und die Buscheichen. Mit einer kleinen Taschenlampe, damit ich den Boden sehen konnte, liefen wir, bis wir in ein Tal hinabstiegen – völlig außer Sichtweite der Straße.

Der Vollmond sollte in dieser Nacht um 20:11 Uhr aufgehen. Es war keine lange Wartezeit. Allmählich wurde die Wüste heller. Ich drehte mich um und blickte auf den aufgehenden Mond. Er war riesig. Magnetisch. Ein Schwimmbecken, in das ich eintauchen wollte. Ich atmete tief ein und plötzlich war der Schmerz wieder da.

Verdammt noch mal. Das tat WEH! Ich wünschte, Joe käme zurück, damit ich ihn umbringen konnte. Bitte, lass den Schmerz aufhören!

Wenn sich Mund und Nase zu einer Schnauze verlängern, fühlt es sich an, als würden einem alle Zähne auf einmal gezogen. Ohne Novocain.

Und ihr wollt wirklich nicht erleben, wie sich eure Arme in Beine verwandeln und eure Wirbelsäule euch auf alle Viere wirft.

Die ganze Verwandlung dauert etwas mehr als eine Minute. Natürlich habe ich die Zeit gestoppt! Denn diese Minute fühlt sich an wie zwei Stunden!

Als der Schmerz endlich nachließ, rollte ich mich vom Rücken auf die Pfoten. Ich war diesmal fest entschlossen, nicht wie eine

Betrunkene herumzustolpern und zu versuchen, vier statt zwei Beine zu koordinieren. Ich versuchte zu laufen. Ich konnte es!

Als Wolf war die Welt heller. Ich konnte Skidi sehen, die Hügel um uns herum.

Da war ein pochendes Geräusch. Und ein Rauschen. Skidi war zehn Fuß von mir entfernt, aber ich merkte, dass ich ihren Herzschlag hören konnte. Ihre Lungen, wenn sie atmete. Als ich meinen Kopf drehte, hörte ich aus mehreren Richtungen Scharrgeräusche. Winzige kleine Körper, die in der Erde gruben. Die ihr Leben lebten.

Ich grinste vergnügt. Ich atmete tief ein – und mir klappte die Kinnlade herunter. Die Gerüche! Ich hatte ja keine Ahnung!

Skidi kam zu mir und stieß mich mit dem Kopf an. Dann drehte sie sich um und raste los. Ich war blitzschnell hinter ihr her. Bis ich mich fragte, wie ich vier statt zwei Beine bewegte.

Dann verhedderte ich mich und fiel zu Boden.

„Nicht nachdenken, einfach machen", sagte ich mir und ahmte das Augenrollen des Baseball-Pitchers nach, den ich gestern Abend in „Bull Durham" gesehen hatte. Es funktionierte.

Ich holte Skidi ein und sprang ihr auf den Rücken. Dann raste ich los und sie war hinter mir her.

Die Geschwindigkeit! Die Kraft! Wir rasten wie von der Tarantel gestochen durch die Nacht. Es fühlte sich an wie Fliegen – aber meine Muskeln waren der Motor. Ich war so stark!

Es war mitten in der Nacht. Ich konnte alles sehen. Alles riechen. Skidi holte mich ein und sprang auf mich. Wir landeten kullernd auf dem Boden.

Ich wollte lachen. Singen. Das für immer tun.

Wir nahmen den Geruch von Fleisch wahr – weit in der Ferne. Wir sahen uns an und rannten dann darauf zu.

Wir hielten etwa 500 Yards vor einem Pferch an, in dem ein paar Schafe eingepfercht waren. Es musste ein Hund in der Nähe sein.

Skidi stieß mich wieder mit dem Kopf an, dann ging sie dorthin, wo Haufen von Schafskötteln lagen. Dann legte sie sich hin und fing an, sich in den Kötteln zu wälzen. In Kacke!

„Das ist ja ekelhaft", wollte ich ihr sagen.

Sie stand auf und kam zu mir. Sie stand einfach da und starrte mich an. Ich schüttelte den Kopf.

Nein. Nein. Auf keinen Fall! Das würde ich im Leben nicht tun.

Aber sie starrte mich immer noch an. Und dann bemerkte ich ihren Geruch. Sie roch nach Schaf. Ich konnte sie immer noch ein bisschen riechen, aber sie roch hauptsächlich nach Schaf.

„Na gut", dachte ich. „Du wolltest wissen, wie es ist. Also mach mit." Also verbrachten sie und ich die nächsten zehn Minuten damit, uns kreuz und quer in Schafskacke zu wälzen. Alles bedecken.

Dann war es Zeit, es auszuprobieren. Wir schlichen immer näher an den Schafpferch heran. Immer näher, bis wir direkt daneben waren. Keine Geräusche von den Schafen. Kein Hundegebell. Unsere Tarnung war perfekt!

Ich hätte vor Freude lachen können.

Skidi wollte in den Pferch gehen, aber ich stieß sie mit dem Kopf an. Wir würden kein Schaf von einer winzigen Ranch stehlen. Und wir würden Ranchern nicht den geringsten Vorwand liefern, auf Wölfe zu schießen.

Außerdem waren wir meilenweit von meinem Truck entfernt und das Essen von Fleisch verwandelte mich zurück in einen Menschen. Sofort.

Es war an der Zeit, unseren Lauf zu beenden und uns einen Streifenhörnchen- oder Nagetiersnack zu holen, sobald wir wieder in der Nähe der Straße waren. Es war Zeit, nach Hause zu fahren und einen noch besseren Lauf für den nächsten Vollmond zu planen.

Ich war mir ziemlich sicher, dass die Schafscheiße verschwinden würde, wenn ich mich in einen Menschen zurückverwandelte. Aber es würde eine lange Heimfahrt mit offenen Fenstern werden, bevor ich Skidi mit einem Schlauch abspritzen konnte.

ENDE

KURZGESCHICHTE 3

ENTSCHEIDUNGEN

SUE DENVER

ENTSCHEIDUNGEN

1

Entscheidungen
Von Sue Denver

Cynthia Hare huschte in die Gasse hinter der East C Street und lehnte sich keuchend gegen die Mauer. Ihr langes, schwarzes Haar klebte ihr im Gesicht und sie umfasste schützend ihren linken Arm. Sie war sich ziemlich sicher, dass Winston ihn gebrochen hatte.

Am liebsten hätte sie sich hingesetzt und geweint, aber der Gestank war wirklich fürchterlich. Jemand hatte genau hier hin gepinkelt. Oder Schlimmeres getan. Und sie wollte gar nicht daran denken, was sich wohl in dem Müll befand, in dem sie stand. Es war Hochsommer in Pueblo, Colorado. Die Nacht hatte sich nach dem über 37 Grad heißen Tag kaum abgekühlt.

Es war Zeit, beschloss sie. Zeit, Johnny aufzugeben, ganz egal, wie sehr sie ihn liebte. Zeit, ihre achtjährige Ehe zu beenden und nach Hause nach Lupiti, Oklahoma, zu ihrem Stamm zurückzukehren. Ihre beiden Kleinen mitzunehmen, bevor Johnnys Trinkerei auch sie in Gefahr bringen konnte.

Sie kauerte sich auf die Fersen und wischte sich die Tränen von den Wangen. Sie hatte ihn so sehr geliebt. Die ersten Jahre waren wundervoll gewesen. Sicher, sie hatten wenig Geld. Aber die meisten Leute in Pueblo schlugen sich gerade so durch. Letztes Jahr hatte sie ihre Ausbildung zur examinierten Pflegehelferin abgeschlossen, also hatte sie eine feste Stelle im Institut für psychische Gesundheit. Johnny verdiente mit der Instandhaltung am Flughafen ganz gut.

Dann kam COVID. All die Tode, die sie miterlebte. All die Angst. Der Schrecken, es womöglich mit nach Hause zu ihren Kleinen zu bringen. Vielleicht hatte es sie verändert. Vielleicht war sie ihm gegenüber nicht mehr so aufmerksam? Vielleicht, vielleicht, vielleicht.

Johnny verlor seinen Job, als die meisten Leute aufhörten zu fliegen. Er konnte keinen neuen finden, obwohl er sich wirklich bemühte.

Dann fing er an zu trinken. Schlimmer noch, er fing an, mit Winston in Bars abzuhängen. Dieser Mann war hinter seiner freundlichen Fassade bösartig wie eine Schlange. Er hatte etwas Geld, kleidete sich wie ein hohes Tier. Gott weiß, warum Johnny zu ihm aufsah.

Winston ließ ihre Haut kribbeln. Er beobachtete sie, wenn er vorbeikam, um Johnny für eine weitere Sauftour mitzuschleppen. Ständig berührte er sie „versehentlich." Als sie ihm diesmal sagte, er solle sich zurückhalten, verdrehte er ihren Arm, bis sie etwas knacken hörte.

Sie schüttelte die Tränen ab und stand auf. Noch etwa dreißig Minuten – um sicherzugehen, dass Winston und Johnny weg waren.

Sie würde nach Hause gehen, die Kleinen und alles, was sie in ihren Chevy Spark stopfen konnte, schnappen und nach Oklahoma fahren. Dort brauchten sie auch Krankenschwestern. Sie würde überleben.

Schritte ließen Kies knirschen. In der Nähe. Cynthia richtete sich auf. Johnny kam um die Ecke.

„Da bist du ja", sagte er und schwankte leicht. „Warum zum Teufel bist du weggelaufen?"

„Du wärst gleich umgekippt. Und hättest mich mit Winston alleingelassen."

„Du hast meine Freunde noch nie gemocht. Ich habe das Recht, mit Freunden abzuhängen."

Sie schüttelte den Kopf. „Ich gehe, Johnny. Ich gehe nach Hause nach Lupiti. Du hörst mir nicht mehr zu." Sie wollte an ihm vorbeigehen, als Johnny ihren gebrochenen Arm packte.

Sie schrie vor Schmerz auf und Johnny ließ ihren Arm los. Er sah verwirrt aus.

Dann richtete sich sein Blick hinter sie und seine Augen wurden sehr groß.

Cynthia drehte sich um und blickte die Gasse hinunter. Eine Frau schlenderte auf sie zu. Ziemlich groß. Schlaksig. Auffallend – mit einem zotteligen, dunkelbraunen Haarschopf, der ihr Gesicht umschmeichelte. Sie hatte etwas an sich ... Eine Adlerfeder hing an einem ihrer Ohren. Und war das? Ja, ein Medizinbeutel hing um ihren Hals.

„Deine Familie hat sich Sorgen um dich gemacht, Cynthia", sagte die Frau mit leiser, tiefer Stimme. Aber sie ließ Johnny nicht aus den Augen.

Sie ging geradewegs auf ihn zu, legte ihre rechte Hand flach auf seine Brust und drückte ihn zurück gegen die Mauer.

„Johnny Hare", sagte sie. „Du bist vom Weg abgekommen."

Johnny fühlte sich wie erstarrt, als er in goldene Augen blickte, die aussahen, als hätten sie die Sonne in sich gefangen. Kaum mehr als ein Flüstern, fragte er: „Bist du die Rot-Frau?"

Der Hauch eines Lächelns huschte über das Gesicht der Frau. „Nein", sagte sie. „Ich bin Skiri. Und das ist deine Warnung. Du wirst deine Frau nicht wiedersehen, bis du mindestens einen Monat lang nüchtern bist."

Er blinzelte. „Du bist kein Wolf. Und ich werde meine Frau sehen, wann immer ich verdammt noch mal will."

Johnny stieß sich von der Mauer ab und drückte kräftig gegen ihre Hand. Dann hielt ihn ein stechender Schmerz auf. Er blickte nach unten und sah, dass ihre Hand zu einer Pfote geworden war – mit vier sehr scharfen Krallen, die sich gerade durch sein Hemd in sein Fleisch gruben. Eine Pfote, wo ihre Hand gewesen war. Eine Pfote, die immer noch an ihrem sehr menschlichen Arm hing.

„Bist du mit diesen Bedingungen einverstanden?", fragte sie. So ruhig, als würden sie sich nur unterhalten.

Johnnys Mund stand offen und sein Blick war starr auf die Pfote gerichtet. Die andere Hand der Frau legte sich unter sein Kinn, schloss seinen Kiefer und neigte sein Gesicht nach oben, damit er sie ansehen musste.

„Bist du einverstanden?"

Johnny nickte, immer und immer wieder. „Ja", sagte er.

Die Frau wandte sich an Cynthia. „Geh nach Hause zu deiner Familie. Johnny wird kommen, wenn er so weit ist."

Aber Cynthia sah eine Bewegung hinter der Frau und schrie: „Nein!" Winston war um die Ecke gekommen, ein Messer in der Hand. Er stach es in den Rücken der Frau.

„Haut ab, jetzt!", sagte sie zu Cynthia und Johnny. „Jetzt!" Sie rannten beide los.

„Hallo, Winston", sagte sie.

Winston lachte. „Die kannst du vielleicht mit Indianer-Scheiß erschrecken, aber mich nicht."

„Also stichst du mir in den Rücken. Was ist jetzt dein Plan?"

„Dich fertigmachen, Schlampe. Von Angesicht zu Angesicht."

Die Frau lächelte. „Oh, gut. Ich habe gehofft, dass du das sagen würdest."

Und dann verwandelte sie sich, Schnauze und Zähne zuerst.

ENDE

KURZGESCHICHTE 4

DAS ALLZU SCHLAUE KIND

SUE DENVER

DAS ALLZU SCHLAUE KIND

1

Der zu schlaue Junge
Von Sue Denver

Es war wahrscheinlich kurz vor Mitternacht, als ich den Jungen zum ersten Mal vorbeischwimmen sah, wie er sich wie eine ertrunkene Ratte an einem Baumstamm festklammerte.

Ich war so entspannt gewesen, dass ich kurz davor war, einzuschlafen. Ich saß in einem Adirondack-Sessel aus billigem Plastik und genoss die kühle Nacht in Oklahoma. Die Gerüche des Wassers und der Erde, die Geräusche der Insekten – all das fühlte sich langsam wie ein Zuhause für mich an. Nicht nur der Ort, an dem ich lebte, sondern wohin ich gehörte.

Der Arkansas River machte eine träge Biegung um drei Seiten meines Grundstücks, sodass ich von der Vorder- und Rückseite meiner kleinen Hütte aus einen Blick darauf hatte. Aber durch die Bäume war ich von der Straße aus nicht zu sehen.

Schutz ist wichtig, wenn man als Frau allein lebt. Noch wichtiger, wenn man Geheimnisse zu verbergen hat.

Meine graue Wolfshündin Skidi lag an meiner Seite und träumte davon, etwas zu jagen. Ihre Pfoten machten kleine Bewegungen, als ob sie rennen würde. Ihre Schnurrhaare zuckten und ihre Augäpfel bewegten sich unter den Lidern. Es schien ein guter Traum zu sein. Wäre es ein schlechter Traum, würde sie anfangen zu wimmern. Dann würde ich sie wecken.

Ich überlegte vage, hineinzugehen, aber es schien zu viel Anstrengung zu sein, tatsächlich aufzustehen. Meine Augenlider fielen schon wieder zu, als meine Nase zuckte und ich den Jungen zum ersten Mal roch.

Ich öffnete die Augen und da war er, treibend im Wasser an mir vorbei wie ein durchnässter Ast. Ich setzte mich auf. Im Gegensatz zu meinem Geruchssinn ist mein Sehvermögen nichts Besonderes. Aber ein sichelförmiger Mond gab mir genug Licht zum Sehen.

Skidi schnaubte und erwachte, ihr Kopf drehte sich sofort zum Wasser. Sie stand auf, ging zum Ufer, glitt dann direkt hinein und begann, auf den Jungen zuzuschwimmen.

Ich stand auf und folgte ihr. Ich wollte wirklich nicht ins Wasser. Der Arkansas ist ein brauner, sedimentreicher Prärieﬂuss. Er sieht meistens aus wie vorbeiﬂießender Schlamm. Dieser Teil macht mir nichts aus – er ist natürlich und hat seinen eigenen Reiz. Aber die Abwässer der örtlichen Farmen, an denen er vorbeiﬂießt, haben ihn mit krebserregenden Chemikalien verschmutzt, die an Bauern verkauft werden, um das Land zu vergiften, in der Hoffnung, ein bisschen mehr Geld zu verdienen.

Man sagt, der Fluss sei jetzt besser als früher, aber für mich ist er immer noch verdammt übel.

Arme platschten im Fluss. Skidi schwamm mit etwas Stoff im Maul auf mich zu. Sie zog den Jungen hinter sich her.

Skidi erreichte das Ufer, aber der Junge – der Knabe – lag einfach da, als ob das Platschen seine letzte Energie verbraucht hätte.

Ich zog ihn vollständig aus dem Wasser, legte ihn auf den Rücken und hockte mich neben ihn. Zuerst überprüfte ich seine Atmung, die in Ordnung war. Dann nahm ich eine Hand und prüfte seinen Puls. Er schien ein wenig schnell, aber ich bin keine Ärztin. Zumindest war er gleichmäßig.

Sein rechtes Auge sah komisch aus. Ich bewegte mich, damit

mehr Mondlicht auf sein Gesicht schien. Dieses Auge war fast zugeschwollen.

Ich schaute genauer hin. Er hatte dunkles, vielleicht schwarzes Haar, das an seinem Kopf klebte. Ziemlich langes Haar für einen Jungen, aber nicht so lang, wie manche amerikanischen Ureinwohner es tragen. Ich hatte keine Ahnung vom Alter – ich hatte nie Kinder. Er war wahrscheinlich im Teenageralter. Aber dünn, schmächtig, vielleicht vor der Pubertät?

Sein Hals sah komisch aus. Ich öffnete seinen Kragen und sah blaue Flecken – als hätte ihn jemand gewürgt.

Ich stand schnell auf und sah mich um. Atmete tief durch die Nase ein. Ich sah oder roch niemanden sonst. Ich musste diesen Jungen in ein Krankenhaus bringen.

„Lady ..." Die Stimme war heiser und so leise, dass sie kaum zu hören war.

Ich sah zu ihm hinunter. Er hatte eine Hand in Skidis Fell gekrallt.

„Lassen Sie nicht zu, dass sie mich kriegen." Er starrte mich an. „Versprechen Sie es mir."

Oh, Mist, dachte ich. *Was mache ich jetzt nur?*

„Wer soll dich nicht kriegen?"

Aber die Augen des Jungen hatten sich geschlossen und seine Hand an Skidi hatte sich geöffnet und war zu Boden gefallen.

2

––––––––––

S cheiße!" Ich trat in den Dreck.

„ Ich sollte ihn zu einem Arzt bringen. Aber ein Krankenhaus würde seine Eltern ausfindig machen. Was, wenn sie diejenigen waren, die ihn verletzt hatten?

Ich rüttelte an ihm, um ihn zu wecken, aber er war komplett weggetreten. Ich überprüfte noch einmal seinen Puls, doch der war immer noch gleichmäßig. Ich schob meine Arme unter ihn und hob ihn hoch. Meine verbesserte Kraft kam mir da sehr gelegen.

Ich trug ihn zum Bett in meinem Gästezimmer und legte ihn darauf ab. Holte eine Pendleton-Decke und breitete sie über ihn. Stellte ein Glas Wasser auf den Nachttisch.

Es war schon komisch – ich mit einem echten „Gast" in meinem Gästezimmer. Ich hätte das Zimmer beinahe leer gelassen. Hatte mich für einen Idioten gehalten, es überhaupt einzurichten. Ich hatte nicht vorgehabt, Gäste zu empfangen. Niemals. Man empfängt keine Gäste, wenn man Geheimnisse zu verbergen hat.

Und ... wo wir gerade bei Geheimnissen waren ... ihn hier zu haben war unglaublich gefährlich. Ich durfte keine Aufmerksamkeit auf mich ziehen. Ich mochte dieses Haus. Ich wollte bleiben. Ich wollte es nicht aufgeben und um mein Leben rennen müssen.

Ich ließ mich in meinen weichen, braunen Sessel aus Kunstleder fallen und vergrub den Kopf in den Händen. Rieb mir die Augen. Ich wusste, ich sollte ihn ins Auto packen, solange er bewusstlos war, und ihn vor einer Notaufnahme absetzen. Das sollte ich wirklich. Aber ... ich wollte mit ihm reden. Besser verstehen, in was für Schwierigkeiten er steckte.

Ich schlug meinen Kopf gegen die Lehne des Sessels und übte mich in meinen kreativsten Flüchen. Katzenhaarballengewürge. Und ein paar großartige spanische Schimpfwörter, die ich von meinem Vater gelernt hatte ...

Doch trotz meiner Wut wusste ich, dass ich darauf wartete, seine Geschichte zu hören.

Etwas weckte mich. Heutzutage wache ich vorsichtig auf – ohne mich zu bewegen. Ohne die Augen zu öffnen. Ich konnte ein sehr leises Grollen von Skidi hören. Ich öffnete die Lider einen Spaltbreit und sah, dass Skidi und ich allein waren. Im Wohnzimmer. Sonnenlicht schien auf den Fluss vor meinem Fenster. Ich saß im Sessel. Ich war dort eingeschlafen.

Ich blickte auf das getarnte Bedienfeld an meiner Haustür und sah ein blinkendes rotes Licht. Einer meiner stillen Alarme war ausgelöst worden. Dann hörte ich das Geräusch, das mich geweckt haben musste. Es klang, als würde ein Fenster langsam und heimlich geöffnet werden. Im Gästezimmer.

Was sollte ich tun? Wenn er ginge, würde das ein sehr großes Problem für mich lösen. Aber ich fühlte mich bei dem Gedanken schuldig. Was war mit dem Jungen? Was brauchte er?

Ich hörte, wie das Fenster geschlossen wurde, also stand ich auf. Er war entweder gegangen oder hatte sich entschieden zu bleiben. Ich klopfte an seine Tür und öffnete sie dann. Das Zimmer war leer. Ebenso das Glas Wasser.

Ich ging zurück zum Bedienfeld und drückte den Reset-Schalter, um das blinkende Licht auszuschalten. Was würde der Junge jetzt tun? Würde er versuchen, mein Auto zu borgen? Das wäre um einiges schwieriger. Und in die Garage zu gelangen, würde weitere stille Alarme auslösen. Ich vermutete, ich würde es bald genug herausfinden.

In der Zwischenzeit war ich sehr hungrig. Skidi warf mir einen bösen Blick zu und schaute demonstrativ auf ihren leeren Napf. Der Junge war wahrscheinlich auch hungrig.

Skidi bekam etwas „Blue Wilderness" (für den Wolf in deinem Hund!) Trockenfutter. Wir starrten uns nur eine Minute lang an, bis ich lächelte, nachgab und etwas Roastbeef darauf verteilte. Der Rest des Fleisches landete auf zwei großen Sandwiches mit Avocado, Salat und ein paar Tomatenscheiben.

Ich nahm beide Sandwiches mit nach draußen auf die Terrasse. Ich setzte mich an den Tisch unter den Sonnenschirm – der immer aufgespannt war. Draußen waren es schon mindestens fünfundzwanzig Grad und die Temperatur würde auf weit über fünfunddreißig Grad ansteigen. Ich schob einen der Teller an das andere Ende des Tisches und begann dann, mein Essen zu genießen.

Skidi kam durch die Hundeklappe in der Fliegengittertür und legte sich neben mich. Sie stieß einen sehr zufriedenen Rülpser aus. Nach ein paar Minuten knurrte sie sehr leise und grollend. Ich beugte mich vor und tätschelte sie. „Ich weiß", sagte ich zu ihr. Der Geruch des Jungen war kaum zu überriechen.

„Tja", sagte ich und hob meine Stimme ein wenig. „Ich bin hungrig genug, um auch noch das andere Sandwich zu essen. Falls es niemand sonst haben will."

Es muss sein Ego verletzt haben, dass ich wusste, dass er da war. Er kam mit gespielter Lässigkeit steif um die Ecke. Er setzte sich, packte das Sandwich mit beiden Händen und vernichtete es und das Glas Wasser daneben. Dann sah er unbehaglich aus, also sagte ich zu ihm: „Erste Tür rechts. Drinnen."

Ich machte mir keine Sorgen, dass er in meinem Haus war. Alles Problematische hatte ich letzte Nacht weggeschlossen.

Schließlich kam er wieder heraus. Blieb einfach nur stehen. Die Hände in den Hosentaschen. Er sah viel besser aus als letzte Nacht. Sein rechtes Auge ging zumindest auf. Darum herum und an seinem Hals waren schmerzhaft aussehende, violette Blutergüsse. Aber er war wach. Humpelte nicht. Anscheinend war nichts gebrochen.

„Also", sagte ich. „Was sind deine Pläne?"

Er starrte mich an. Dann ließ er sich wieder auf den Stuhl fallen. Und er begann zu weinen, als ob ihm das Herz gebrochen wäre. Er verbarg sein Gesicht und versuchte, keine Geräusche zu machen, aber sein schmächtiger Körper zitterte und bebte, während er weinte.

Ich wusste, er wollte nicht, dass ich sein Weinen „bemerkte", aber er konnte nicht aufhören. Ich stand auf, räumte das Geschirr ab und stellte es in die Spüle. Als ich sehen konnte, dass er sich wieder unter Kontrolle hatte, kam ich mit zwei Dosen Cola Light wieder heraus und reichte ihm eine.

Er rieb sich mit seinem Hemdzipfel das linke Auge und verschmierte noch mehr Dreck darauf. Er berührte vorsichtig sein rechtes Auge. Ich ging zurück, um ein Handtuch zu holen, und tränkte es in warmem Wasser.

„Hier", sagte ich und reichte es ihm. Er legte es sich aufs Gesicht und seufzte, wobei er sichtlich tief Luft holte.

„Wer hat dir das angetan?"

Er schüttelte den Kopf: „Nein."

„Waren es deine Eltern?"

Er schüttelte den Kopf noch heftiger.

„Sind deine Eltern in Sicherheit?"

„Nein!", sagte er. „Ich bin ein Feigling. Er wird wahrscheinlich hinter ihnen her sein. Aber ich bin einfach abgehauen!"

Skidi setzte sich plötzlich auf und blickte flussaufwärts. Ich konnte den Motor selbst hören. Niemand von hier fuhr so früh mit dem Boot den Fluss hinunter.

„Schnapp dir alles und rein ins Haus!", sagte ich und griff nach meinem eigenen Teller.

„Hä?"

„Jetzt!" Ich musterte den Tisch, schnappte mir das Handtuch, das der Junge übersehen hatte, packte seinen Arm und zerrte uns schnell durch die Tür ins Haus.

3

Ich führte ihn zu dem schmalen, etwa fünfzehn Zentimeter breiten Fenster, das ich im Esszimmer eingebaut hatte. Und ich schloss die Tür zum Wohnzimmer, damit man uns von keinem Fenster der Nachbarhäuser aus sehen konnte.

Von außen sieht mein schmales Fenster einfach nur kunstvoll aus. Aber es ist verspiegeltes Glas, sodass man davorstehen und hinausschauen kann, ohne selbst gesehen zu werden. Solange man nicht von Lampen von hinten angestrahlt wird.

„Sei ganz leise", sagte ich.

Ein kleines Boot kam auf dem Wasser in Sicht, das sich sehr langsam bewegte. Nur ein grauer Außenbordmotor und ein paar Bänke, aber das Boot war qualitativ um einiges besser als das, was hier sonst so vorbeifuhr. Es sah aus, als wäre es erst im letzten Jahr oder so neu gekauft worden. Der Motor schnurrte und stotterte nicht.

Zwei Männer saßen auf den Bänken, einer steuerte mit der Pinne. Harte, sehnige Männer. Die Gesichter von der ständigen Sonne gegerbt und ledrig. Einer groß, der andere ziemlich klein – aber ansonsten hätten sie Brüder sein können. Sie spähten mein Haus und die Umgebung aus.

„Kennst du die?", flüsterte ich.

Seine Augen waren riesig, daher überraschte mich das Nicken nicht.

„Ist einer von ihnen der Mann, der dir wehgetan hat?"

„Nein", sagte er. „Aber sie arbeiten mit ihm zusammen."

Dann steuerten die Männer das Boot ans Ufer und zogen es auf mein Grundstück.

Ich legte einen Finger auf die Lippen des Jungen. „Hier ist niemand zu Hause", flüsterte ich ihm zu.

Dann sah ich Skidi an. Ich gab ihr das Handzeichen – meine Finger tippten zweimal auf meinen Daumen. Skidi fing an zu bellen.

Die beiden Männer trennten sich. Der kleine Mann kam zu meiner Hintertür und der große ging ums Haus herum, vermutlich um zu verhindern, dass jemand zur Vordertür hinauslief.

Der kleine Kerl an der Hintertür klopfte. Ich gab Skidi dasselbe Zeichen – aber schneller. Ihr Gebell war ohrenbetäubend. Ein weiteres Zeichen und sie warf sich wie von Sinnen bellend gegen die Hintertür.

Ich nahm mein Handy und gab einen Code ein. Das Telefon an der Vordertür begann zu klingeln. Es klingelte viermal, dann wurde eine aufgenommene Nachricht abgespielt. Eine Männerstimme sagte: „Hier sind die Campbells. Wir sind nicht da, also hinterlassen Sie eine Nachricht nach dem Piepton."

Eine Frauenstimme tönte aus dem Telefon, laut genug, um draußen gehört zu werden. (Das weiß ich, weil ich es getestet hatte.)

„Joe, bist du da? Hier ist Mary Beth von nebenan. Dein Hund bellt wie verrückt. Ist bei dir alles in Ordnung?"

Es gab eine Pause, dann: „Joe? Ist bei euch alles okay? Ich rufe die Polizei. Dein Hund bellt sonst nie so." Das Telefon legte auf.

Der Junge und ich warteten ab, wie sich die beiden Männer entscheiden würden. Der Kerl von der Vorderseite kam wieder zum anderen zurück und sie redeten miteinander. Dann gingen beide zurück zu ihrem Boot, stießen sich wieder ins Wasser und fuhren weiter.

Als sie außer Sichtweite waren, ging ich zu einem neuen Bildschirm auf dem Telefon und rief eine der beiden drahtlosen Kameras auf, die ich an einem Laternenpfahl etwa eine Viertelmeile hinter dem Haus installiert hatte. Eine war auf die Straße zu meinem Haus gerichtet, die andere auf den Fluss. Ich schaute zu, bis das Boot ins Blickfeld kam – und vergewisserte mich, dass beide Männer darin saßen. Das taten sie.

Ich setzte uns an den Esstisch und sagte: „Okay, und jetzt erzähl mir alles."

Das tat er. Nachdem ich ihm noch zwei Sandwiches gegeben hatte.

4

Sein Name war Jesús. Er war 16 Jahre alt. Na ja, 15, aber bald 16.
Seine Eltern arbeiteten in einem Werk außerhalb von
Ponca City, das Industrieruß herstellte – ein krebserregendes
schwarzes Pulver, das zur Verstärkung von Reifen und anderen
Gummiprodukten verwendet wird. Jesús sah, wie seine Eltern jeden
Abend nach Hause kamen, immer noch mit dem schwarzen Zeug
bedeckt – obwohl sie geduscht hatten.

Er wollte es wirklich, wirklich vermeiden, dort zu arbeiten.

Jesús' Zimmer ging auf eine Landstraße hinaus, und fast jede
Nacht – kurz nach 1 Uhr morgens – fuhren ein oder zwei
unbeschriftete Lastwagen vorbei. Jesús fragte sich, wem die Firma
gehörte. Er dachte sich, dass eine Firma mit so viel Betrieb
wahrscheinlich Hilfe gebrauchen könnte. Er wollte einen Teilzeitjob,
um der Familie zu helfen. Keinen Fast-Food-Job. Einen, der besser
bezahlt war.

Letzte Nacht hatte er sich rausgeschlichen, nachdem seine Eltern
ins Bett gegangen waren, und in ihrem Auto gewartet. Und als einer
dieser Lastwagen um 1:15 Uhr vorbeifuhr, startete er das Auto und
folgte ihm etwa 15 Minuten lang. Er sah, wie er in ein Lagerhaus von
Yeager Manufacturing einbog.

Er wollte am Morgen zurückkommen und mit ihnen über einen

Job reden. Aber ein Pickup blockierte ihm schnell den Weg. Und ein Mann kam an sein Fenster und fragte, was er da mache. Derselbe große Mann, der eben im Boot gekommen war.

Als er dem Mann erklärte, dass er einen Teilzeitjob suche, brachte der Mann ihn zu einem Mr. White.

„Hast du den Namen des großen Mannes erfahren?", fragte ich. Jesús schüttelte den Kopf.

„Mr. White war ein falscher Cowboy", sagte er. Auf meinen fragenden Blick hin erklärte Jesús: „Schicke Cowboyklamotten für die Show – nicht zum Arbeiten."

Ich nickte und sah zu, wie er sein drittes Sandwich aufaß.

Jesús erzählte Mr. White, wie er auf die Idee gekommen war, dass sie vielleicht Arbeiter bräuchten. White sagte ihm, das sei clever. Dass er gerne clevere Leute einstelle. Er fragte Jesús auch, ob er jemand anderem von seiner Idee erzählt hätte. Jesús verneinte.

„Dann sagte er zu mir: ‚Bist du dir *sicher*, dass du das deinen Eltern nicht erwähnt hast? Keinem von beiden?'"

„Das hat mir Sorgen gemacht. Ich sagte ihm, nein."

„Dann lächelte er und sagte, ich sei definitiv clever."

White wies einen Kerl namens Larry an, Jesús eine kurze Führung durch den Betrieb zu geben – um zu sehen, ob er dort wirklich arbeiten wollte.

„Sie lächelten, aber irgendetwas stimmte nicht."

Larry ließ Jesús in seinen Pickup steigen und fuhr sie zu einem Dock am Fluss.

„Wir waren ganz allein", sagte Jesús. „Larry stieg aus. Er zeigte auf seine Ladefläche. Ich sah Futtersäcke und Steine darauf. Er sagte: ‚Schau mal.' Als ich das tat, schlug er mich. Genau hier." Jesús berührte sein blaues Auge.

„Er packte mich am Hals. Ich dachte, er würde mich umbringen."

„Ich hab ihm in die Eier getreten. So fest ich konnte. Er ließ mich los. Er war vornübergebeugt. Ich nahm einen Stein vom Lastwagen und schlug ihm auf den Kopf. Fest. Ein paar Mal." Er schauderte bei der Erinnerung.

„Ich sprang in den Fluss und schwamm so schnell ich konnte davon. Ich wusste nicht, wie bald er wieder aufwachen würde."

Der Junge rang die Hände. „Ich bin dumm", sagte er. „Ich hätte den Pickup nehmen und nach Hause fahren sollen."

„Nein", sagte ich zu ihm. „Das ist der erste Ort, an dem sie suchen würden. Sie haben wahrscheinlich gerade jemanden, der dein Haus beobachtet. Der darauf wartet, dass du auftauchst."

„Das Auto meiner Familie?"

„Das stand wahrscheinlich innerhalb von ein oder zwei Stunden wieder vor deinem Haus. Sobald sie herausgefunden hatten, wo du wohnst."

„Aber warum? Warum hat Larry mir wehgetan? Mr. White muss es ihm befohlen haben, oder?"

„Oh ja. Larry wurde es befohlen."

„Warum hatte er Steine in seinem Truck?"

Ich zögerte. Aber der Junge hatte gute Arbeit geleistet. Und ich glaube an Ehrlichkeit. „Ich denke, er hat mehr als eine problematische Person in einen dieser Säcke gesteckt und mit ein paar Steinen im Fluss versenkt. An der Stelle ist das Wasser wahrscheinlich sehr tief."

Der Junge riss überrascht den Mund auf. Aber er war nicht wirklich überrascht. Das hatte er sich schon gedacht.

„Aber warum? Alles, was ich wollte, war ein Job. Er hat gesagt, ich sei clever."

„Das ist das Problem, Jesús. Du warst zu clever. Seine Lastwagen müssen etwas Illegales transportieren."

„Gehen wir zur Polizei?"

„Lass uns das morgen entscheiden. Heute Nacht will ich sie auskundschaften. Sehen, was ich finden kann."

5

Kinder waren eine Plage! Vielleicht besonders jugendliche Jungs, die sich darüber Sorgen machten, wie mutig sie wirkten.

Nein, ich musste es ihm sagen. Er konnte nicht mit mir kommen. Ich war in der Überwachung geschult – und ich arbeitete allein.

Nein, er konnte nicht bei mir zu Hause bleiben. Schließlich könnten die Männer zurückkommen und versuchen einzubrechen, während ich weg war.

Nein, er konnte seine Eltern nicht anrufen oder zu ihnen gehen. Nicht heute Nacht. Wenn er eines von beiden täte, würde er seine Eltern in Gefahr bringen. Vorerst waren sie sicher, weil die Männer überzeugt waren, dass seine Eltern nichts von den Lastwagen wussten.

Ich machte mir Sorgen, dass seine Eltern die Polizei rufen würden, aber Jesús erzählte mir, nachdem er mit den Füßen gescharrt hatte und rot geworden war, dass sie das wahrscheinlich nicht tun würden. Er war schon zweimal über Nacht weggeblieben und sie hatten es nicht getan.

Seinem Gesichtsausdruck nach zu schließen, hatten sie ihm ausdrücklich gesagt, dass das besser nicht noch einmal vorkommen sollte, also würde er auch mit ihnen Ärger bekommen.

Ich ließ ihn im Lupiti House zurück, einem Motel in Lupiti. Nichts Besonderes, aber sauber und gepflegt. Ich hatte der Besitzerin einmal einen Gefallen getan, also war sie froh, den Jungen für die Nacht unterzubringen und ihm ein Steak zum Abendessen aus dem Steakhouse nebenan zu besorgen. Sie hatte sogar ein Gäste-iPad, das sie ihm lieh – um ihn auf andere Gedanken zu bringen.

Mit einem tiefen Seufzer der Erleichterung ließ ich ihn zurück und fuhr zu Yeagers.

Ich hatte sie nachgeschlagen und sie stellten Futterpellets her – für Nutztiere. Sie wurden landesweit vertrieben, gehörten aber nicht zu den drei Großen der Branche.

Da der Junge entkommen war, war ich mir sicher, dass sie damit beschäftigt waren, alles Belastende zu beseitigen. Nur für alle Fälle.

Ich hoffte, sie wären noch nicht fertig. Es war offensichtlich, dass der Junge niemals sicher sein würde, bis dieser Mr. White irgendwo im Gefängnis saß. Oder tot war. Wenn sie bereits aufgeräumt hatten, wäre es sehr schwer, ihn ins Gefängnis zu bringen. Blieb also nur, ihn zu töten.

Ich hatte schon früher getötet. Sehr, sehr böse Männer. Und ich schlief bestens, danke der Nachfrage. Ich weiß, dass ich viele unschuldige Leben gerettet habe, die verloren gewesen wären, wenn diese Männer weitergelebt hätten.

Nein, mein Problem beim Töten von jemandem Bösen war nur, wie verdammt schwer es war, damit durchzukommen. CSI-Teams waren mein schlimmster Albtraum.

Aber ... Kopf hoch, sagte ich mir. Vielleicht kann ich diesem hier die Polizei auf den Hals hetzen und die Probleme vermeiden.

Google Earth zeigte eine Menge weites, offenes Gelände ohne Deckung in der Nähe von Yeagers – aber das Werk selbst hatte Bäume, die die Sicht von drei Seiten versperrten. Ich fand etwa zwei Meilen entfernt eine Nebenstraße, die durch einen Abschnitt mit Bäumen und hohem Gestrüpp führte und der ich folgen konnte – bis auf eine Straßenüberquerung –, um den ganzen Weg bis zu Yeagers zu gelangen.

Dort angekommen, parkte ich meinen F-150 weit abseits der

Straße und zog alle meine Kleider aus. Ich packte sie in eine kleine Reisetasche mit einfach anzulegenden Riemen.

Der Mond war ungefähr halb voll, ganz silbrig und glänzend. Ich blickte zu ihm auf und lächelte. Spürte, wie ich mich an Stellen entspannte, von denen ich gar nicht gemerkt hatte, dass sie angespannt waren. Gott sei Dank lagen diese dämlichen Werwolffilme falsch, was das Bedürfnis nach einem Mond zur Verwandlung anging. Ich brauchte ihn nicht. Ich mochte ihn nur wirklich, wirklich sehr.

Ich bin nie über das Wunder hinweggekommen. Dass es echt ist und ich es tun kann. Ich, Sara Flores, die ein so gewöhnliches Leben geführt hatte. Bis zu dem Tag, an dem ein alter Lupiti-Mann – mein Freund Joe White Wolf – meine Hand aufschnitt und unser Blut mischte. Kurz bevor er starb.

Ich frohlocke jedes Mal, wenn ich mir die Verwandlung erlaube. Obwohl ich genau weiß, wie sehr es schmerzen wird. Der Schmerz ist zu erwarten, wenn all deine Knochen brechen und sich neu formen!

Trotzdem sehne ich mich mehr danach als nach allem anderen.

Ich weiß, wie ich als Wolf aussehe. Groß, zum einen. Mein menschliches Gewicht beträgt 135 Pfund, aber mein Wolfsgewicht liegt bei 145.

Ja, ich habe mich gewogen. Und in einen Spiegel geschaut. Würdest du das nicht auch tun?

Ich glaube, das zusätzliche Gewicht kommt daher, dass die Knochen eines Wolfes viel dichter sind. Mein Fell ist rötlich-grau, mit schwarzen und weißen Strähnen durchzogen. Ziemlich hübsch, wenn ich das mal so sagen darf!

Ich schob meine Vorderpfoten durch die Riemen, sodass die Tasche leicht auf meinem Rücken saß. Glaub mir, du willst dich nicht nackt in einen Menschen zurückverwandeln – meilenweit von deiner Kleidung entfernt. Das kann eine ganze Reihe neuer Probleme verursachen. Besonders für Frauen.

Zwei Meilen sind für einen Wolf ein Klacks. Ich rannte so leise durch das Gestrüpp, dass man mich nur anhand des Kegels der Stille hätte aufspüren können, der mich zu umgeben schien. Vögel hörten auf zu zwitschern. Kleine Nagetiere erstarrten. Sogar die Insekten schienen innezuhalten.

Wäre man der wandernden Wand der Stille gefolgt, hätte man mich finden können.

Um Yeagers herum war ein acht Fuß hoher Maschendrahtzaun. Ich schlich an den meisten der drei Seiten entlang und hielt Ausschau nach Männern, die den Zaun bewachten, und nach Anzeichen für elektronische Überwachung. Ich sah keines von beiden.

Am Vordertor gab es ein mittelgroßes Produktionsgebäude mit einem großen Parkplatz für die Angestellten. Wahrscheinlich der Ort, an dem sie die Futterpellets herstellten, mit denen sie warben.

Das interessantere Gebäude war kleiner, auf der Rückseite, wobei die einzige Öffnung vom vorderen Werk abgewandt war. Es hatte ein metallenes Rolltor, groß genug für kleine Lastwagen – und einer wurde gerade drinnen beladen. Drei weitere, nicht gekennzeichnete Lastwagen parkten direkt vor dem Tor. Es waren Lastwagen, keine Lieferwagen. Aber nur 14–16 Fuß lang.

Ich beobachtete und zählte fünf Männer, einschließlich eines Dandys, den ich für Mr. White hielt. Jesús hatte ihn gut beschrieben. Reicher Möchtegern-Cowboy.

Zwei der Männer waren meine Besucher von heute Morgen – der Große und der Kurze. Ein dritter entsprach der Beschreibung, die der Junge von Larry gegeben hatte – drahtig und stark wie ein Mixed-Martial-Arts-Champion. Ein wirklich gut aussehender Kerl. Aber er stolzierte herum, als wüsste er das.

Der letzte Mann sah aus wie ein zweitklassiger Schwergewichtsboxer. Mit plattgedrückten Ohren und einer Nase, die ein paar Schläge zu viel abbekommen hatte. Aber trotzdem Muskelberge, die er über Jahre aufgebaut hatte.

Während ich zusah, stieg jeder meiner beiden Besucher von heute Morgen in einen der Lastwagen, fuhr zum Vordertor, dann hinaus und weg.

Verdammt!

Ich bewegte mich wieder um den Acht-Fuß-Zaun herum, bis das

Tor und die Männer komplett außer Sicht waren. Dann rannte ich zum Zaun und sprang darüber. Puh! Acht Fuß war so ziemlich das Höchste, was ich in Wolfsgestalt schaffte. Im Weitsprung war ich besser – einmal habe ich vierzehn Fuß geschafft.

Ich hielt mich an die unkrautbewachsenen Sträucher entlang des Zauns, blieb geduckt und schlich zurück in Richtung der Lastwagen. Ich näherte mich bis auf etwa fünfundzwanzig Meter, dann hörte die Deckung durch die Sträucher auf.

Ich konnte Larry sehen, wie er eine Sporttasche in einen der beiden verbliebenen Lastwagen warf. Dann ging er um dessen Seite herum, kramte in seiner Tasche und zog Kippen und ein Feuerzeug hervor. Als ob er vor der Fahrt noch eine rauchen wollte, weil er währenddessen nicht rauchen durfte.

Was sehr interessant war.

Ich ließ meinen Kleidersack fallen. White und der ehemalige Boxer gingen tiefer ins Lagerhaus hinein. Ich konnte sie reden hören, aber die Worte nicht verstehen. Eine bessere Gelegenheit würde ich nicht bekommen.

Aber ich nahm mir eine Sekunde Zeit, um mich zu hinterfragen.

Verdiente Larry es, zu sterben?

Meine Antwort war: „Ja." Ein Mann, der auf Befehl seines Chefs einen fünfzehnjährigen Jungen töten würde, verschwendete Luft, die ein anderer besser gebrauchen könnte. Und ich konnte den Kerl nicht einfach nur außer Gefecht setzen, während zwei andere Männer direkt um die Ecke waren.

Seine rechte Seite war mir zugewandt, seine rechte Hand hielt die Zigarette an seinen Mund. Zwischen uns lagen ungefähr fünfundzwanzig Meter offenes Gelände.

Im vollen Lauf könnte ich das in etwas mehr als einer Sekunde schaffen. Aber ich startete aus dem Stand. Also zwei oder drei Sekunden?

Larry hatte ziemlich gute Reflexe. Er nahm die Bewegung aus dem Augenwinkel wahr, drehte sich um und sah einen riesigen Wolf auf sich zukommen. Er ließ die Zigarette fallen und fummelte mit der rechten Hand in seiner Jacke herum.

Seine Waffe kam gerade aus der Tasche, als ich auf ihn sprang, landete und sich meine Kiefer um seinen Hals schlossen. Ein leiser, wenn auch sehr unschöner Tod.

Dann, für einen Moment, verschwand mein menschliches Ich. Ich schmeckte Fleisch und roch Blut. Es war berauschend. Ich ... ich ...

6

Nein!
Ich wehrte mich und schüttelte den Kopf. Mein menschliches Ich kämpfte sich zurück an die Oberfläche. Ich ließ das Fleisch schnell liegen – bevor ich es mir anders überlegen konnte.

Ich schlich zur Seite des kleinen Lagerhauses. Der verbliebene LKW parkte halb drinnen und halb draußen, mit dem Heck im Inneren des Gebäudes. Ich streckte meinen Kopf durch die offene Tür und spähte hinein. Es war ein kleiner Bereich, gerade groß genug für eine große Maschine in der Mitte und eine Reihe offener Regale an den Wänden. Regale, die jetzt alle leer waren.

Die Maschine hatte ein ziemlich schockierendes Petrolblau und war schwer damit beschäftigt, Pellets in große Säcke fallen zu lassen. Dann bewegte sich jeder Sack zur nächsten Station, wo die Oberseite zugenäht wurde.

White bediente die Maschine. Etwa dreißig sehr große Säcke standen in einer Reihe. Jeder stand aufrecht mit offener Oberseite. Aber jeder war bereits zu etwa drei Vierteln gefüllt. Deshalb konnten sie auch stehen. Es sah so aus, als würde White sie nur noch mit weiteren Pellets auffüllen.

Der Ex-Boxer trug die zugenähten, vollen Säcke in den LKW. Da er immer nur einen auf einmal trug, schätzte ich, dass sie sehr schwer waren.

Es war verwirrend. Warum nachts Futterpellets in Säcke abfüllen, wenn ihre Fabrik das vermutlich den ganzen Tag über tat? Und warum sie zu drei Vierteln füllen, sie dann wieder in die Reihe stellen und den Rest hinzufügen?

Dann hätte ich mir an den Kopf fassen können.

Hör auf, wie ein Mensch zu denken! Ich hatte meinem Wolfsgehirn die Schotten dichtgemacht. Ich musste sie wieder öffnen. Und meine Nase benutzen.

Der Geruch von trockenem Tierfutter strömte herein – und überwältigte mich. Hauptsächlich Mais und Hafer. Etwas Gerste. Eine Reihe von Mineralien. Meine Schnauze rümpfte sich. Nicht sehr appetitlich.

Aber ... da war noch etwas anderes. Begraben unter dem Futtergeruch. Schwächer. Als wäre es in dickes Plastik verpackt. Der Geruch von Kokain. Ich erkannte ihn von ein paar früheren Abenteuern, die ich nur knapp überlebt hatte.

Ich nahm mir einen Moment Zeit, um die Genialität der Operation zu bewundern. Sie stellten das Kokain nicht hier her. Sie brachten es mit einem Flugzeug ins Land – daher die nächtliche LKW-Fahrt. Dann verpackten sie kleinere Mengen davon in Futtersäcke, die, umgeben vom Geruch von Viehfutter, in die ganzen USA verschickt werden konnten. Verpackt in Säcken von einer echten Futterpellet-Firma.

Am liebsten hätte ich sie einfach im Lagerhaus eingesperrt und die Polizei gerufen. Aber der LKW parkte nur zur Hälfte drinnen – also konnte ich ihnen die Tür nicht vor der Nase zuschlagen.

Und ... ich musste mir Sorgen um eine Leiche machen. Eine mit DNA an ihrem Hals, die einen Pathologen sehr, sehr interessieren könnte.

Und ich konnte mir nicht die Zeit nehmen, wegzugehen und die Polizei zu kontaktieren. Dieser letzte LKW wäre in weniger als dreißig Minuten weg.

Okay. Prioritäten. Ich rannte zurück zu meinem Kleidersack, aß das rohe Steak, das ich eingepackt hatte, um mich wieder in einen

Menschen verwandeln zu können, und zog mich schnell an: Jeans, Hemd, Socken und Stiefel. Obwohl Stiefel auf meinem Wolfsrücken schwer zu tragen sind, habe ich auf die harte Tour gelernt, dass sie unerlässlich sind. Wolfspfoten sind wunderbar. „Zivilisierte" Menschenfüße sind ohne Socken und Schuhe praktisch wertlos.

Angekleidet ging ich wieder zur Vorderseite des LKW und schaute in die Fahrerkabine. Die Schlüssel steckten. Ich öffnete leise die Tür und nahm die Schlüssel. Guter erster Schritt. Obwohl sie wahrscheinlich einen zweiten Satz hatten.

Konnte ich den LKW besser lahmlegen?

Ich bin so ziemlich eine Niete, wenn es darum geht, wie ein Fahrzeug funktioniert. Ich weiß, wie man den Schlüssel umdreht und Benzin in den Tank füllt. Nicht viel mehr.

Aber ... ich hatte von meinem alten Nachbarn Joe in Colorado etwas über Anlasserrelais gelernt. Mein F150 sprang eines Morgens nicht an und Joe zeigte mir den Sicherungskasten und das Anlasserrelais. Es befand sich im Fußraum der Beifahrerseite, hinter einer Kunststoffverkleidung.

Die gute Nachricht war, dass der Lärm der Maschine alle Geräusche, die ich machte, übertönen würde. Aber die schlechte Nachricht – die sehr schlechte Nachricht – war, dass mein Kopf für mindestens ein oder zwei Minuten im Fußraum verschwinden würde. Ich hätte keine Ahnung, ob einer der Männer mich entdeckte. Nicht, bis ich eine Waffe an meinem Kopf spürte.

Ich tat so, als würde ich überlegen, aber ich wusste, dass ich in den LKW steigen würde. Ich verpasste mir innerlich schon wieder einen Tritt, weil ich den Jungen nicht in einem Krankenhaus abgeliefert hatte.

Also, warum, wirklich, war ich dabei, diese hirnrissige Aktion durchzuziehen?

Weil Männer wie White mich unsagbar beleidigen. Männer, die denken, ihr Reichtum mache sie besser als alle anderen. Die sie glauben lässt, sie könnten die „kleinen Leute" mit Füßen treten. Einschließlich jeden zu töten, der ihnen in die Quere kommt. Diese Art von Mann hat mich mein ganzes Leben lang sowohl verängstigt als auch wütend gemacht.

Als ich eine Werwölfin wurde, änderte sich ein Teil davon. Sie beleidigen mich immer noch. Aber sie machen mir nicht mehr so viel Angst.

Also glitt ich in die Fahrerkabine und bewegte mich zum Beifahrerfußraum. Joe hatte einen Schraubenzieher benutzt, um die Kunststoffverkleidung zu öffnen. Meine Fingernägel funktionierten nicht, also verwandelte ich nur einen Finger meiner rechten Hand in eine Wolfskralle. Der Nagel wurde länger und sehr stark. Ich konnte ihn in die Kerbe schieben und die Verkleidung aufziehen.

Dann blickte ich bestürzt auf das, was sich dort befand. Drei identische Kästen sahen genauso aus wie das Relais. War es das linke? Oder das mittlere? Scheiß drauf! Ich zog alle drei heraus und noch ein paar äußere, größere Teile dazu.

Dieser LKW würde sich garantiert nicht mehr vom Fleck bewegen.

Ich schob die losen Teile unter den Sitz und befestigte die Kunststoffverkleidung wieder. Dann zog ich mich zurück, um auszusteigen – und sah, dass meine schlimmste Befürchtung wahr geworden war.

Der Ex-Boxer war genau da. Keine Waffe zu sehen, aber er legte eine große, fleischige Hand auf meine Schulter und zerrte mich aus dem LKW.

Der große Kerl schleifte mich um das Heck des Lastwagens herum und ins Lagerhaus.

Ich nutzte die Gelegenheit, um all seine Gerüche einzuatmen. Igitt! Der Mann könnte eine Dusche vertragen. Oder zwei. Und ich konnte den Big Mac, den er zum Abendessen hatte, nicht gutheißen. All das Cholesterin!

Aber – und deshalb lohnte es sich, seinen Gestank einzuatmen – es gab keinen Waffengeruch. Ich schätzte, er war einer dieser Typen, die dachten, ihre Größe sei Einschüchterung genug.

Ich nahm an, er war noch nie einer Werwölfin begegnet.

Wir standen einfach etwa eine Minute da. White bediente immer noch die Maschine und konnte uns deshalb nicht hören. Dann bemerkte White, dass sich die Säcke stauten. Er drehte sich um, um nach seinem Boxer/Schläger zu suchen. Er machte ziemlich große Augen, als er mich sah.

White schaltete die Maschine aus und fragte: „Wer zum Teufel sind Sie?"

„Ich komme nur vorbei", sagte ich.

„Verdammt." Er schüttelte den Kopf.

„Töte sie und stopf sie mit den Säcken in den Laster. Dann lad fertig und schaff den Laster hier weg."

Er wandte sich wieder der Maschine zu.

7

Der Boxer drehte sich zu mir um. Er schaute auf meinen Hals.

Plötzlich hatte ich große Angst. Wenn er mir das Genick brechen würde – wäre ich dann tot? Wenn nicht tot, wäre ich dann stundenlang bewegungsunfähig? Verdammt sei Joe, dass er mir nicht erklärt hat, wie dieser Werwolfkram funktioniert, bevor er mich verwandelt hat!

Okay. Die beste Idee ist, ihn meinen Hals gar nicht erst berühren zu lassen. Aber ich wäre ein noch größerer Idiot, wenn ich versuchen würde, ihn zu schlagen oder zu treten. Selbst mit meiner verstärkten Kraft würde das bei all den Muskeln wahrscheinlich nicht mal eine Delle hinterlassen. Ihn wahrscheinlich nur wütend machen. Es sei denn ...

Meine rechte Hand war an meiner Seite. Ich riss sie hoch und schlug ihm mit aller Kraft meine Handfläche unter die Nase. Ich spürte, wie der Knochen brach, aber er war schneller, als ich dachte. Er wich gerade so weit zurück, bevor ich ihn traf, dass der Knochen nicht in sein Gehirn drang und ihn tötete.

Er versuchte, sich zu schütteln und wieder auf mich loszugehen, aber ich machte einen Ausfallschritt, packte seinen Kopf zwischen meine Hände und versuchte, ihm die Daumen in die Augenhöhlen zu bohren.

Nase und Augäpfel. Zwei Bereiche des Körpers, bei denen einem Muskeln nicht helfen können.

Meine Arme schützten meinen Hals, aber er schlang seine riesigen Arme um meinen Oberkörper und begann zuzudrücken. Ich konnte nicht mehr atmen.

Stechender Schmerz! Ich spürte, wie unter seiner Kraft eine Rippe brach.

Ich bohrte meine Daumen fester in seine Augen. Er drückte fester zu. Wir waren in einer tödlichen Umarmung gefangen.

Irgendein Instinkt ließ mich zur Maschine blicken. White hatte eine kleine Pistole aus einer Art Knöchelholster gezogen und zielte direkt auf mich. Ich drehte unsere Körper schnell herum und brachte den Boxer zwischen mich und White.

Die Waffe feuerte zweimal. Die Monsterarme, die mir das Leben aus der Brust pressten, ließen nach. Ich sog große Züge der süßen, kostbaren Luft in meine Lungen.

Mit meinen Armen um den Körper des sterbenden Mannes marschierte ich mit uns auf White zu, während dieser seine Waffe leerte und seinem Mann in den Rücken schoss. Als die Waffe leer war, stieß ich die Leiche gegen White. Er landete auf seinem Hintern.

Ich stand über ihm und sagte mit meiner tiefsten, leisesten und langsamsten Stimme: „Es gibt weitaus Schlimmeres, was dir passieren könnte, als nur ins Gefängnis zu gehen.

„Du könntest zum Beispiel gefressen werden. Langsam. Stück für Stück. Während du noch lebst.

„Sieh dir das an", sagte ich, während ich nur meinen Kopf in den meines Wolfs verwandelte. Whites Gesicht wurde noch weißer. Er rutschte auf seinem Hintern von mir weg. Er schüttelte den Kopf von einer Seite zur anderen und leugnete, was er sah.

Ich öffnete mein Maul und gab ihm einen sehr guten Blick auf meine messerscharfen Zähne. Der stechende Geruch von Urin traf meine Wolfsschnauze.

Da ich reden musste, verwandelte ich mein Gesicht wieder in das eines Menschen zurück. Als angenehmer Nebeneffekt verringerte sich der Gestank in meiner Nase.

„So wird das jetzt laufen", sagte ich zu ihm. „Du ziehst alles aus, bis auf deine Unterhose. Dann werde ich dich mit dieser Maschine in einen dieser Futtersäcke einnähen. Dann rufe ich das FBI an, damit sie dich holen – nur für den Fall, dass du jemanden vor Ort bestochen hast.

„Das ist deine Option A. Deine Option B ist, dass ich mich wieder in meinen Wolf verwandle und die nächste Stunde damit verbringe, dir ein Stück Fleisch nach dem anderen vom Leib zu beißen.

„Du hast die Wahl.

„Aber du solltest wissen, dass ich mich heute schon zweimal verwandelt habe, ganz zu schweigen von der kleinen Show, die ich dir gerade geboten habe. Ich bin also sehr, sehr, sehr hungrig."

White begann sofort, sein Hemd aufzuknöpfen. Ich sah ihm beim Ausziehen zu. Dürre, kleine Beine. Dicker Bauch. Jemand, der andere dafür bezahlte, die harte Arbeit für ihn zu erledigen.

„Noch eine Sache", sagte ich, als er fertig war. „Vielleicht kommst du auf die Idee, anderen zu erzählen, was du hier gesehen hast. Einen echten Werwolf, um Himmels willen. Aber das würde ich dir nicht raten.

„Wenn du den Mund hältst, hast du eine Chance, eines Tages aus dem Gefängnis zu kommen. Wenn du anfängst, über Werwölfe zu reden, wirst du nie wieder frei sein. Sie müssten dich psychiatrisch begutachten lassen. Wenn du hartnäckig genug bist, landest du in einer psychiatrischen Anstalt. Und es gibt zwei komische Dinge an psychiatrischen Anstalten. Erstens – sie müssen dich nie entlassen, bevor du „geheilt" bist. Und nur „sie" entscheiden, wann – oder ob – dieser „Geheilungstag" jemals kommt. Und zweitens – sie können dich mit allem zudröhnen, von dem sie glauben, dass es dir „helfen" könnte.

„Ich werde also jemanden finden, der mir einen großen Gefallen schuldet. Ich werde dafür sorgen, dass du ein langes, langes Leben in Angst verbringst. Du wirst Drogen bekommen, die dir schreckliche Halluzinationen bescheren. So ähnlich wie mich zu sehen, würdest du nicht sagen?

„Und du wirst niemals, niemals, niemals wieder rauskommen."

White schien sehr glücklich zu sein, in einen leeren Futtersack zu steigen und ihn über seinen Kopf zu ziehen. Das war einfach, denn der Sack war etwa 2,70 Meter lang. Dann packte ich das obere Ende, sagte ihm, er solle sich ducken, damit sein Kopf nicht mitgenäht würde, und schob es in die Maschine, wie ich es bei White gesehen hatte. Sie nähte das obere Ende sauber zu. Dann legte ich den Sack auf den Boden.

Sanft, aus irgendeinem unerklärlichen Grund.

Ich wischte alles am Lastwagen ab, was ich angefasst hatte, und nahm dann Whites Handy aus seiner Kleidung. Ich suchte bei Google nach der Hauptnummer des FBI in Oklahoma City und rief dann an. Ich gab ihnen die dringenden Details – die beiden Lastwagen auf der Interstate, der Drahtzieher in einem Futtersack eingenäht, die Leiche, vom Besitzer erschossen, und warum ich nicht raten würde, die örtliche Polizei zu verständigen.

Eine Frau am anderen Ende sagte, sie würden in etwa zwei Stunden jemanden herschicken und ich solle warten. Ich legte auf und wischte das Telefon sorgfältig ab. Legte es auf Whites Kleidung. Ich wusste, dass zwei Stunden ungefähr stimmten – wenn sie aus Oklahoma City kamen. Aber sie hatten auch kleinere Büros in Stillwater und Tulsa, und jemand von dort könnte in weniger als der Hälfte der Zeit hier sein.

Und ich musste immer noch eine Leiche loswerden.

Die Logistik würde mich noch umbringen. Die Verwandlung verbrauchte eine Menge Energie, also brauchte ich jetzt Fleisch. Praktischerweise lag draußen eine schöne, kürzlich verstorbene Larry-Leiche. Aber bei dem Gedanken wurde meinem menschlichen Ich nur übel. Ich müsste mich wieder in einen Wolf verwandeln, um das zu ertragen. Und als Wolf zu fressen, verwandelte mich wieder in einen Menschen zurück. Wie würde ich dann zum Auto kommen?

Ich wollte schreien.

Vereinfachen, sagte ich mir. Ich ging zurück zu Whites Kleidern und zog einen Schlüsselbund heraus. Er hatte zwei schlüsselähnliche Dinger für Fahrzeuge. Ich trat nach draußen, drückte auf jeden

Knopf und sah, wie die Lichter eines Caddys aufleuchteten, der bei dem größeren Lagerhaus geparkt war. Natürlich.

In den nächsten 45 Minuten schnitt ich Larry mit einem Messer die Kehle auf und entfernte alles, was Bissspuren aufwies.

Ich schmiss ihn in den Kofferraum des Caddys und scherte mich nicht um das ganze Blut, das außen und innen alles verschmierte. Ich versenkte ihn im Arkansas River, an dem Anleger, an dem sie auch Jesús versenken wollten. Ich wischte alle Stellen ab, an denen ich Fingerabdrücke hinterlassen haben könnte, und ließ den Caddy zurück, damit er gefunden würde.

Dann verwandelte ich mich in einen Wolf, rannte zu meinem Wagen, verwandelte mich wieder in einen Menschen zurück und fuhr durch den Drive-in des örtlichen McDonald's. Ich holte mir zehn Big Macs, ohne alles. Ich parkte, zog das Fleisch aus den Brötchen und stopfte es mir in den Hals, bevor ich das Bewusstsein verlor. Ich inhalierte das Fleisch regelrecht. Ich schätze, ich hätte das Big-Mac-Menü des Ex-Boxers nicht so vorschnell verurteilen sollen. Ich schaute auf meine Uhr. Es waren genau fünfundvierzig Minuten vergangen.

Aber meine Nacht war noch nicht vorbei.

8

Ich holte Jesús vom Motel ab und fuhr ihn bis zur Auffahrt seiner Eltern. Ich drehte ein paar Runden in der Gegend, nur für den Fall, dass White noch einen Mann in der Hinterhand hatte, den er nicht für die Lastwagen eingeteilt hatte. Niemand war da.

Ich rief mit seinem Handy bei seinen Eltern an, während er im Auto mithörte, damit er wusste, was ich ihnen sagte.

„Ich rufe an, um Ihnen mitzuteilen, dass Ihr Sohn Jesús in Sicherheit ist und in nur wenigen Minuten bei Ihnen zu Hause sein wird."

Sofort schallten mir aufgeregte Stimmen entgegen, aber ich unterbrach sie.

„Bitte, lassen Sie mich einfach ausreden. Jesús war in Gefahr, aber das ist er jetzt nicht mehr. Er ist ein kluger Junge und hatte die Idee, sich einen Teilzeitjob zu suchen, um Ihnen unter die Arme zu greifen.

Aber der Mann, den er kontaktiert hat, war sehr übel und sehr gefährlich. Er hat mit Kokain gedealt. Sie werden wahrscheinlich morgen von seiner Verhaftung hören.

„Sie müssen wissen, dass es ernst war. Der Mann hat befohlen, Ihren Jungen zu töten." Wieder schnelle und hektische Fragen.

„Bitte, lassen Sie mich einfach zu Ende reden. Ihr Sohn war sehr klug und sehr mutig. Er hat sich gewehrt und ist entkommen. Ich habe ihn gefunden. Er konnte nicht nach Hause kommen, weil sie Ihr Haus beobachtet haben und ihn und wahrscheinlich auch Sie getötet hätten.

„Aber jetzt wird das FBI die ganze Operation hochgehen lassen. Das FBI hat keinen Grund zu der Annahme, dass Ihr Sohn irgendetwas mit dieser Operation zu tun hat. Es ist wahrscheinlich am besten, wenn das so bleibt."

Ich legte auf, wischte das Handy ab und gab es Jesús zurück. „Ich würde es begrüßen, wenn du vergisst, dass du mich je gesehen hast. Oder wo ich wohne."

Er sah mich eine Weile an. Ich konnte in seinem Gesicht den Mann erkennen, der er eines Tages werden würde.

„Abgemacht", sagte er. „Und danke. In meinem Namen und im Namen meiner Familie." Dann stieg er aus und rannte zu seinem Haus.

Ich fuhr nach Hause und verriegelte alles bombenfest. Ich vergewisserte mich, dass meine Fluchttasche für alle Fälle bereitstand – obwohl sie das eigentlich immer war. Dann fiel ich todmüde ins Bett.

Morgen war noch früh genug, um meinen Anwalt in Colorado zu kontaktieren und Vorkehrungen dafür zu treffen, dass Jesús ein besonderes College-Stipendium von einem anonymen Gönner angeboten bekommt.

Ein Kind, das so klug, so mutig und so gutherzig war? Ich war gespannt, was aus ihm werden würde.

Ende

KURZGESCHICHTE 5

WARUM ICH MICH VON TEXAS FERNHALTEN MUSS

SUE DENVER

WARUM ICH MICH VON TEXAS FERNHALTEN MUSS

1

Warum ich mich von Texas fernhalten muss
Von Sue Denver

E s gibt Gründe, warum eine Frau Sheriff Hank Crump die
Hand schütteln, sich dann an seinen Schreibtisch setzen
und ihn anlügen würde. Ich hatte bessere Gründe als die
meisten.

Jede Frau würde über seinen süffisanten Ton lächeln, mit dem er
die kleine Frau von oben herab behandelt, damit er ihre unterdrückte
Wut nicht bemerkt.

Ich lächelte, damit er nicht sah, dass ich am liebsten seine dünne
schwarze Krawatte mit der silbernen Lone-Star-Anstecknadel packen
und so fest zudrücken wollte, bis er quietschte. Oder ihm seinen
weißen Cowboyhut über seine Pausbacken ziehen.

Aber der Hauptgrund, warum ich ihn anlügen musste, war, dass
ich ein Werwolf bin.

Mein Name ist Sara Flores und VZW (vor der Zeit als Werwolf)
verbrachte ich zehn Jahre allein in den Ausläufern der Rocky
Mountains in Colorado. Ich erholte mich – manche würden sagen,
ich versteckte mich – von einer schlimmen Scheidung.

Dort traf ich einen sehr, sehr, sehr alten Lupiti namens Joe, der mich etwa eine Stunde vor seinem Tod verwandelte. Das geschah ohne meine Zustimmung oder mein Wissen. Und obwohl er mich völlig im Unklaren darüber ließ, wie die Regeln für Werwölfe lauten – ich kann ihm einfach nicht böse sein.

Tatsache ist, ich mag es irgendwie, ein Werwolf zu sein. Ich mag es, mich stark zu fühlen. Ich mag es, überall hingehen zu können, ohne mir große Sorgen um meine Sicherheit machen zu müssen. Das ist etwas, was ich – wie die meisten Frauen – noch nie zuvor erlebt hatte.

Und ich liebe es regelrecht, nachts auf allen Vieren mit meinem Wolfshund Skidi durch die Wüste zu rennen. Wie von der Tarantel gestochen. Zu spüren, wie der Wind sich an mich schmiegt – über mich strömt wie über die Tragfläche eines Flugzeugs. Klar zu sehen – selbst mitten in der Nacht.

Und mein Geruchssinn? Ihr könnt euch nicht vorstellen, was der mir alles verrät.

Sheriff Crump kann es auch nicht. Er sitzt mir gegenüber, hinter seinem abgenutzten Holzschreibtisch. Er hat seine Cowboystiefel auf den Schreibtisch gelegt und sich in seinem quietschenden Stuhl mit hoher Lehne aus Kunstleder zurückgelehnt. Er erklärt mir, warum Janie Lone Hawks Tod ein Unfalltod einer Drogensüchtigen war. Gar keine Frage. Aber sein Körpergeruch verrät mir etwas anderes. Er ist sich nicht wirklich sicher. Er will nur, dass ich verschwinde.

Genau wie die Gerichtsmedizinerin, bei der ich vor Crump war. Sie musste zugeben, dass Janies Organe nicht den Verfall aufwiesen, den man bei einer Drogensüchtigen erwarten würde. Und sie musste zugeben, dass es nur eine einzige sichtbare Einstichstelle gab. Aber sie sagte mir, es sei möglich, dass Janie sich die Spritzen hauptsächlich in den linken Fuß gesetzt habe. Praktischerweise war für die beiden ihr linker Fuß von Kojoten zerfressen worden, bevor ihre Leiche gefunden wurde.

Alles sehr praktisch für Sheriff Crump, der somit seine Ressourcen nicht für die Ermittlung im Todesfall irgendeiner indianischen Frau „verschwenden" musste. Oder seine Statistik ungelöster Fälle damit belasten.

Janie Lone Hawk war für mich nicht nur eine Leiche. Sie war eine liebe, schüchterne Frau, die Tiere liebte und nur nach Amarillo gekommen war, um aufs College zu gehen und Tierärztin zu werden. Ihre Familie war zu mir gekommen, um Antworten zu erhalten, von denen sie sicher waren, dass sie sie von irgendeinem Sheriff in Texas niemals bekommen würden.

Warum zu mir? Ich bin sozusagen die letzte Anlaufstelle für den Lupiti-Stamm, wenn sie nicht sicher sind, ob sie einen Verhandlungsführer oder jemanden brauchen, der einem anderen die Scheiße aus dem Leib prügelt.

Wir haben ein distanziertes, kompliziertes Verhältnis. Joe Chapman, der Mann, der mich verwandelt hat, war eine Art Medizinmann für den Stamm. Aber sie müssen sich wohl zerstritten haben, denn Joe verbrachte die letzten fünfzehn Jahre seines Lebens in Colorado, nicht in Lupiti, Oklahoma. Ich bin mir sicher, die wenigen, die ahnten, was Joe war, wünschten, er hätte vor seinem Tod ein Stammesmitglied verwandelt. Nicht eine halb europäische, halb mexikanische Frau wie mich.

Aber ... hier war ich nun und vertrat ihre Familie, also musste der Sheriff zumindest höflich zu mir sein.

„Hören Sie", sagte ich zu ihm, „wenn Sie wollen, dass ich verschwinde, dann zeigen Sie mir einfach genau die Stelle, an der Sie sie gefunden haben."

Er verdrehte zwar nicht die Augen, aber sein Seufzer verriet mir, dass er es am liebsten getan hätte.

„Sie haben meine Unterlagen gesehen. Ihre Familie hat das Recht dazu."

Widerwillig stimmte er zu.

„*Genau* die Stelle, an der sie gefunden wurde", beharrte ich.

Da sah er mich an, mit fragenden Augen. Er dachte eine Minute nach. Ich konnte sehen, dass sein Interesse, sich mit mir zu befassen, geringfügig gestiegen war. „Okay, ich sorge dafür, dass der Deputy, der sie gefunden hat, uns dort trifft."

2

Die Wüste vor den Toren Amarillos war ein furchtbarer Ort, um zu sterben. Trostlos, überall nur Dreck und Staub, dazu ein paar Felsbrocken. Die Szenerie wurde durch weggeworfene Reifen, ein paar leere Fuselflaschen und mindestens drei zerbrochene Spritzen vervollständigt. Nichts Grünes außer ein paar Yuccas und einigen kümmerlichen Pflanzen, die verzweifelt versuchten, zu überleben.

Sheriff Crumps Cowboystiefel wirkten hier draußen wie eine kluge Wahl. Wahrscheinlich lauerte hinter jedem Stein eine Klapperschlange. Und man musste vorsichtig auftreten. Schlürfte man mit den Schuhen über den Boden, atmete man plötzlich eine Staubwolke ein. Man schmeckte sie sogar.

Offensichtlich würde niemand den ganzen Weg aus der Stadt hierher laufen. Das bedeutete, jemand hatte Janie hierhergebracht.

Sheriff Crump und ich standen im Staub bei unseren Autos und sahen zu, wie sein Deputy Mackey in einem glänzend schwarzen Dodge Ram Pickup vorfuhr. Der Deputy war genauso gekleidet wie Crump, aber kleiner, von drahtiger Statur und mit dunklem Haar, das für seinen Job etwas zu lang war. Sein Gang verriet, dass er sich mit Kneipenschlägereien auskannte. Als würde er normalerweise schon stolzieren, aber heute das Bedürfnis verspüren, noch eine Schippe draufzulegen.

„Bitte zeigen Sie uns genau, wo Sie ihre Leiche gefunden haben", bat ich. Na also, ich kann auch nett sein.

Mackey führte uns zu einem großen Stück eines verrosteten Automotors und zeigte auf den Boden. Er wirkte selbstsicher, beinahe gelangweilt. Aber mir stieg plötzlich eine Duftwolke von Angstschweiß in die Nase und ich wusste, dass er log. Ich ging in die Knie und sah mich um. Kein Blutgeruch hier – obwohl es in den letzten zwei Wochen nicht geregnet hatte.

Ich stand auf und sah ihn direkt an. „Sie ist nicht hier gestorben", sagte ich. „Sagen Sie mir, wo Sie sie wirklich gefunden haben."

„Was zum Teufel meinen Sie damit?", verlangte er. „Das hier ist der Ort." Aber er klang defensiv. Und ich konnte einen neuen Hauch von Angst riechen.

Sheriff Crump spürte ebenfalls, dass etwas nicht stimmte, und sah seinen Deputy stirnrunzelnd an. „Hören Sie auf mit dem Blödsinn, Mackey – wo war sie wirklich? Zwingen Sie mich nicht, den Bericht des Gerichtsmediziners hervorzuholen."

Mackey sah uns beide an, zuckte dann mit den Schultern und schenkte uns ein falsches Grinsen. „Klar, warum nicht", sagte er. „Ich wollte uns allen nur den langen Marsch ersparen."

Er ging los und wir folgten ihm. Ich spürte Crumps Blick auf mir, hielt meine Augen aber nach vorne gerichtet. Na ja ... nach vorne und von einer Seite zur anderen, um nach Klapperschlangen Ausschau zu halten. Wir gingen über eine Anhöhe und hinunter in ein trockenes Flussbett.

Mackey zeigte auf eine Stelle im ausgetrockneten Bachbett, dort, wo es eine Biegung machte. Ich kniete mich hin. Überhaupt kein Geruch. Aber ... vielleicht ... der Boden sah leicht aufgewühlt aus. Ich blickte in beide Richtungen und sah weitere aufgewühlte Stellen weiter unten im Bachbett auf der linken Seite.

Ich erhob mich und zog Luft durch die Nase ein. Verdammt! Ich würde in Wolfsgestalt hierher zurückkommen müssen. Nein ... warte. Vielleicht ...

Es lag nur ein Hauch von altem Blut in der Luft. Ich begann, darauf zuzugehen.

Nach ein paar hundert Metern wurden die aufgewühlten Stellen im Bachbett zu offensichtlichen Fußabdrücken von Sportschuhen. Kleine Größe. Die sich tief mit den Fußballen abdrückten. Laufen. Man konnte kein Blut bei den Fußabdrücken sehen, aber ich konnte es riechen.

Wir gingen fast eine weitere halbe Meile. Weiter vorne, etwa weitere 300 Meter, machte das Bachbett wieder eine Biegung. Um einen Hügel herum. Plötzlich roch ich einen schwachen Hauch von Mensch und Kordit. Ich blieb stehen und versuchte, lässig auszusehen.

„Ich habe mich wohl geirrt", sagte ich und versuchte, verlegen auszusehen. „Entschuldigung." Ich begann, meine Schritte zurückzuverfolgen. Aber Crump hörte die Falschheit in meinem Ton.

„Schauen wir uns nur noch ein kleines Stück weiter um", sagte er und bewegte sich auf die Biegung zu.

Ich packte ihn am linken Arm, sodass seine Waffenhand frei blieb. „Sieht nach einem perfekten Ort für einen Hinterhalt aus, finden Sie nicht auch?"

Ich sah, wie die Verärgerung darüber, dass ich ihn gepackt hatte, in Verwirrung und dann in Bestürzung umschlug – als sein Blick über meine Schulter wanderte. Ich wollte mich gerade bewegen, als mir eine Kugel genau in diese Schulter fuhr. Crump begann, seine Waffe zu ziehen, hielt aber inne, als Mackeys Stimme laut rief: „Lass das!"

„Zieh sie mit zwei Fingern raus und leg sie auf den Boden, Crump. Sofort!"

Ich krümmte mich, meine linke Hand an die rechte Schulter gepresst, und stöhnte und keuchte vor Schmerz. Ich musste nicht viel schauspielern, um weiblich und hilflos auszusehen – der Schmerz war wie ein glühender Schürhaken, der in meinem Fleisch zischte. Es war schwer, an etwas anderes zu denken. Aber es würde mich nicht umbringen. Es war kein Silber.

Crump und Mackey schrien sich gegenseitig an. Mackey zwang Crump in die Knie, aber ich konnte nicht zuhören. Ich nutzte die

Zeit, um herauszufinden, wie ich hier möglicherweise wieder herauskommen konnte.

Da war Mackey. Okay. Kein allzu großes Problem. Aber er hatte mit ziemlicher Sicherheit jemanden hinter der Biegung, der ihm Rückendeckung gab – wahrscheinlich mit einem Gewehr. Wie konnte ich mit beiden fertigwerden – ohne zu enthüllen, was ich war, und ohne dass Crump getötet wurde?

Erinnere mich mal jemand daran – warum zum Teufel wollte ich eigentlich ein Werwolf sein? Wäre ich nicht besser dran, irgendwo auf einem Sofa zu liegen und Pralinen zu futtern?

„Hey, du Schlampe!", hörte ich. „Das ist alles deine Schuld."

Meine Bedenkzeit war wohl vorbei.

„Es tut weh!", schrie ich und torkelte umher – ein Torkeln, das mich zufällig näher an Mackey heranbrachte. Jetzt war ich etwa drei Meter von ihm entfernt.

„Tut mir leid, Crump", sagte Mackey. „Es geht um zu viel Geld, als dass ich dich das ruinieren lassen könnte. Aber ich werde es so aussehen lassen, als hätte sie dich getötet. Im Dienst erschossen. Deiner Familie wird es gut gehen."

„Es ist deine Waffe", sagte Crump. „Das kauft dir keiner ab."

„Habe eine Wegwerfknarre", sagte Mackey und bückte sich zu seinem Knöchelholster.

Ich stürmte auf ihn zu und war wirklich dankbar für die zusätzliche Kraft in den Beinen. Wusstest du, dass ein Wolf 65 km/h erreichen kann? Usain Bolt schaffte 44 km/h für eine Nanosekunde, kurz nach der Hälfte seines Weltrekordlaufs über 100 Meter. Eines Tages muss ich wirklich herausfinden, wie schnell ich in menschlicher Gestalt bin. Sagen wir es mal so: Usain Bolt hätte keine Chance.

Mackeys Augen wurden größer, als ich ihn schneller erreichte, als er erwartet hatte. Ich packte ihn und seine Waffenhand und drehte seinen Körper zwischen mich und die Stelle, an der der Schütze vermutlich war. Bestätigt. Zwei Gewehrschüsse ertönten – die beide Mackey trafen.

Crump warf sich hinter einen Felsbrocken, der kaum groß genug war. Ich hob seine Waffe auf, trug Mackeys Leiche zu Crump hinüber und nutzte sie, um uns teilweise damit zu bedecken. Ich reichte Crump den Griff seiner Waffe, dann schlug ich ihm mit meiner rechten Handkante gegen die linke Halsschlagader. Er fiel um wie ein Stein. Ich bedeckte ihn größtenteils mit Mackey – während ich meine Verwandlung in einen Wolf begann.

Ich war gerade fertig, als Crump wieder zu sich kam. Der Schlag auf die Halsschlagader ist großartig, wenn man jemanden schnell bewusstlos machen muss – und keine bleibenden Schäden riskieren will. Aber man setzt die Leute damit nur für etwa eine Minute außer Gefecht.

Ich brauchte noch eine Minute für meinen nächsten Schachzug, also nahm ich seine Waffe zwischen meine Vorderpfoten und schlug ihm damit gegen die rechte Halsschlagader. Das ist ein kniffliger Move, wenn man einen Gegenstand anstelle der Hand benutzt – ganz zu schweigen von Pfoten(!). Aber ich hatte diesen Schlag sorgfältig trainiert. Wenn man in der heutigen Welt ein Werwolf ist, ist es eine absolute Notwendigkeit zu wissen, wie man jemanden für eine Minute schlafen legt.

Als Crump wieder k. o. war, raste ich mit voller Geschwindigkeit auf den Schützen zu, meine vier Beine und Krallen gruben sich tief in die Erde. Die ersten zwei Sekunden rannte ich geradeaus, da ich davon ausging, dass er so lange brauchen würde, um seinen Augen zu trauen und zu schießen. Dann begann ich, im Zickzack zu laufen, um seinen Schüssen auszuweichen.

Er brauchte länger, als ich dachte – er musste sich wohl ungläubig die Augen gerieben haben! –, denn es dauerte ganze fünf Sekunden, bis der erste Schuss fiel. Da war ich schon ein Drittel des Weges zu ihm vorgedrungen. Er feuerte noch vier weitere Schüsse ab, von denen einer meinen Rücken streifte. Dann stürmte ich über den Hügel und fand einen Mann, der sich dagegen lehnte. Ein sehr streng riechender Mann – anscheinend kein Freund vom Baden. Da war noch etwas anderes in seinem Geruch. Er lud das Magazin so schnell nach, wie er konnte.

Aber seine Zeit war abgelaufen.

Trotz der sehr klaren Vorstellung in meinem Kopf, dem Stinker die Kehle herauszureißen, wusste ich, dass ich das nicht tun konnte. Crump kannte meinen Namen. Er konnte mich finden.

Stattdessen packte ich den Lauf seines Gewehrs mit den Zähnen (Aua! Heiß!) und schlug ihn dem Mann gegen den Kopf. Er ging zu Boden. Ich schlug ein zweites Mal zu, um seinen Hinterkopf zu treffen. Genug, um ihn für mindestens 30 Minuten außer Gefecht zu setzen. Lange genug, bis Crump hier sein würde.

Bei dem Stinker war es mir egal, ob der Schlag ein paar seiner Gehirnzellen durcheinanderbrachte.

Ich ließ das Gewehr neben die rechte Hand des Mannes fallen und zog sein Hemd aus seinem Hosenbund. Ich rieb es kräftig über den ganzen Gewehrlauf, wo meine Zähne gewesen waren. Ich verfluchte die DNA. Früher musste es viel einfacher gewesen sein, ein Werwolf zu sein.

Ich sah mich um, aber da waren keine anderen Leute. Es gab eine Hütte, aus der ein seltsamer Geruch kam. Derselbe seltsame Geruch, den ich an dem Stinker bemerkt hatte. Es war Meth. Sie stellten es hier entweder her oder lagerten es.

Mackey plus Drogen plus Janies Tod – Crump sollte alles haben, was er brauchte, um die richtigen Schlüsse zu ziehen. Dieses Mal.

Ich musste schnell von hier verschwinden, bevor er mich befragen konnte. Ich rannte von der Hütte weg – und aus der Richtung, aus der Crump kommen würde. Ich musste außer Sichtweite sein, bevor er ankam.

Ich lief einen großen, weiten Bogen und landete wieder bei meinem Auto. Sonst war niemand da, also verwandelte ich mich zurück in einen Menschen, holte den Ersatzschlüssel aus dem Radkasten, schnappte mir Wechselkleidung aus dem Kofferraum (sei vorbereitet!) und machte mich aus dem Staub aus Texas.

3

Am nächsten Tag stand in der *Amarillo Globe-News* online
ein interessanter Artikel. Darin hieß es, Sheriff Crump
habe einen lokalen Methamphetamin-Ring
hochgenommen und über 500 Pfund Meth beschlagnahmt. Ungefähr
38 Millionen Dosen.

Eine Woche später rief mich Crump an.

Ich saß auf der Couch in meiner Hütte in Oklahoma und sah zu,
wie der Arkansas River am vorderen Fenster vorbeifloss. Ich aß keine
Pralinen (!), sondern einen schönen Teller Nachos. Zubereitet mit
Büffelfleisch, Cheddar und blauen Maischips. Und ja, ich teilte sie
mit meinem Wolfshund Skidi. Das war einer ihrer
Lieblingsleckerbissen. Aus der Stereoanlage sang Bonnie Raitt „A
Thing Called Love". Ein neues Jack-Reacher-Buch wartete darauf,
mir den Abend zu versüßen. Das Leben fühlte sich verdammt gut an!

Crump erzählte mir, dass die Todesursache von Janie Lone Hawk
auf Mord geändert worden war. Der Kerl, den sie wegen des Meth-
Rings verhaftet hatten – Doug Campbell –, sagte, Mackey habe sie
umgebracht. Aber es könnte auch Campbell gewesen sein. Wie auch
immer, sie stand nicht unter Drogen, außer dem, was man ihr
verabreicht hatte, um sie zu töten. Ich konnte es ihrer Familie sagen.

Crump räusperte sich. „Weißt du, Campbell behauptet, ein Wolf wäre hinter ihm her gewesen. Hätte ihn k.o. geschlagen."

„Wirklich?", fragte ich. „Ich habe keinen gesehen. Du?"

„Nein, hab ich nicht. Er hat aber einen ziemlich üblen Schlag auf den Kopf bekommen. Das hat sein Hirn ein bisschen durcheinandergebracht. Hast du ihn geschlagen?"

„Ich? Auf keinen Fall! Ich hatte solche Angst, dass ich zu meinem Auto zurückgerannt und von dort abgehauen bin. Wahrscheinlich ist er gestürzt und hat sich den Kopf angeschlagen."

„Ja, das habe ich mir gedacht. Das habe ich in meinen Bericht geschrieben."

Es herrschte Stille am Telefon. Ich durchbrach sie, um zu sagen: „Übrigens, Glückwunsch zur Meth-Razzia. Gute Arbeit."

„Danke."

Wieder Stille.

„Weißt du", sagte er, „als wir uns kennenlernten, hielt ich dich für eine Nervensäge."

„Schon okay", erwiderte ich. „Besser, ich sage nicht, was ich von dir hielt."

„Ich bin nicht sicher, ob ich meine Meinung geändert habe", sagte er. „Auch wenn du mir wahrscheinlich das Leben gerettet hast."

„Du bist nicht so schlimm, wie ich anfangs dachte. Wobei die Messlatte da natürlich nicht sehr hoch lag."

„Ich hab da eine lustige Geschichte für dich", sagte er. „Mein Urgroßvater war früher Sheriff oben bei Tulsa. In meinen ersten paar Grundschuljahren habe ich viel Zeit mit ihm verbracht. Er hat mir erzählt, dass er dort mal einen Lupiti-Mann getroffen hat – einen Medizinmann. Manche Leute sagten, der Mann könne sich in einen Wolf verwandeln und jeden angreifen, der sein Volk bedrohte. Die Geschichte ist mir im Gedächtnis geblieben."

Ich stieß einen Atemzug aus, von dem ich nicht gemerkt hatte, dass ich ihn angehalten hatte. Schnell sagte ich: „Ich schätze, viele Stämme haben so eine ähnliche Geschichte."

„Ja, schätze schon."

„Schade, dass es nicht wahr ist. Wäre irgendwie lustig, oder?"

„Ja, das wäre es", sagte er. Dann legte er auf.

Ende

NOVELLE

NEUGIER TÖTET

SUE DENVER

NEUGIER TÖTET

DANKSAGUNG

Mein Dank gilt dem wundervollen Dr. Krish Pillai – dem besten Informatikprofessor der Welt. Wer mir das nicht glaubt, der frage einfach einen seiner Studenten an der Penn Tech University oder einen seiner ehemaligen Studenten an der Lock Haven University.

Krish hat mir (jemandem, der von Computern nur sehr wenig Ahnung hat) Ideen dafür geliefert, wie ein Charakter in einen Server einbrechen – und wie er dabei erwischt werden könnte. Für die Geschichte habe ich allerdings Änderungen vorgenommen. Alle Fehler, Fehleinschätzungen oder unsinnigen Formulierungen, die du womöglich findest, gehen allein auf mein Konto.

1

Neugier tötet
Von Sue Denver

Ein Bundesrichter in Oklahoma City hat Gouverneur Kevin Stitt
am Dienstag eine weitere Niederlage in seinen Bemühungen
beschert, die fast drei Dutzend Glücksspielverträge der Stämme
in Oklahoma neu zu strukturieren ... Stitt will, dass die Stämme
zustimmen, dem Staat höhere Exklusivitätsgebühren zu zahlen.
– *The Oklahoman*, 29. Juli 2020

M ason Spencer fühlte sich verdammt gut – bis zu dem
Moment, als ihm klar wurde, dass ihn jemand tot sehen
wollte.

Er hatte die letzten drei Tage verbarrikadiert in seinem Zimmer
außerhalb des Campus verbracht, die Finger flogen über seine
beiden Computer, besessen davon, einen Durchbruch zu erzielen.
Der alte Pizzakarton auf dem Tisch wurde bei seiner Suche nach
Energieriegeln und seinem Vorrat an Beef Jerky beiseitegeschoben.
Als der Vorrat an Diet Mountain Dew im Minikühlschrank in seinem

Zimmer zur Neige ging, räumte er einfach einen weiteren Sixpack hinein – von dem vier Kisten hohen Stapel direkt daneben. Hätte er nicht ab und zu pinkeln gehen müssen, wäre er wahrscheinlich an seinem Stuhl festgewachsen.

Sein Mitbewohner Bill hatte einmal an seine Tür gehämmert. Er konnte sich nicht erinnern, wie lange das her war. Früher am Tag? Gestern? Sie besuchten denselben Netzwerkkurs für ihren Abschluss in Cybersicherheit. Aber Mason hatte den Kurs heute geschwänzt – das erste Mal in diesem Semester. Er war so nah dran!

Mason lehnte sich für eine kleine Pause zurück, öffnete die Dose mit einem Zischen und nahm einen eiskalten Schluck von einem frischen Mountain Dew. Wie üblich zuckte er beim Schlucken zusammen und fragte sich erneut, warum er das brennende Gefühl mochte, wenn es die Kehle hinunterlief. Er schüttelte den Kopf – nur eines der Rätsel des Lebens, nahm er an.

Sein langes braunes Haar nervte ihn, also strich er es zurück und band es wieder zu einem Pferdeschwanz. Es reichte ihm bis zur Mitte des Rückens. Er wünschte sich nur, sein Haar wäre schwarz. Seine zur Hälfte indianischen Wurzeln hatten ihm immer ein seltsames Gefühl gegeben. Sie waren der Zündstoff für sein aktuelles Projekt.

Seine Mutter war Lupiti und sein Vater ein Mischling aus deutschen, englischen und, Gott weiß was für, Vorfahren. Es war das Leben seines Vaters, das sie gelebt hatten. Zuerst in Indiana, dann in Georgia und schließlich an der Penn State – wo sein Vater höhere Mathematik unterrichtete.

Seine Mutter sorgte dafür, dass er über ihre Hälfte seiner Herkunft Bescheid wusste. Er hatte jeden Sommer mit ihr Verwandte in Lupiti, Oklahoma, besucht. Er hatte einen besonderen Lupiti-Namen – *Huhatawuh Kíta*. Das bedeutete ein Gräber – jemand, der das Verborgene aufdeckt. Aber Mason fühlte sich weiß, wenn er in Oklahoma war, und als Lupiti, wenn er in Pennsylvania war. Er fühlte sich nirgendwo wirklich zu Hause. Außer an einem Computer.

So viele aus dem Stamm lebten im Vergleich zu ihm in Armut, dass er sich schuldig fühlte. Seine Mutter sagte, es sei jetzt mit den Glücksspieleinnahmen des Stammes viel besser. Aber das bedeutete nur, dass es vorher wirklich schrecklich gewesen war.

Vor zwei Wochen hatte er etwas gelesen, das ihn wütend machte. Der Staat Oklahoma hatte einen Vertrag mit den örtlichen Stämmen, der den Prozentsatz festlegte, den der Staat von den Glücksspieleinnahmen der Stämme erhalten würde. Aber der Gouverneur wollte mehr und versuchte, die Stämme zu Neuverhandlungen zu zwingen. Sie zogen ihn vor Gericht und erstaunlicherweise entschied das Gericht gegen den Gouverneur.

Das brachte Mason dazu, über die Öl- und Gasunternehmen nachzudenken, die die größten Wahlkampfunterstützer des Gouverneurs waren. Er fragte sich, welchen Prozentsatz diese Unternehmen an Oklahoma zahlen mussten. Er prüfte es nach und fand heraus, dass es derselbe Prozentsatz war, den die Stämme zahlen mussten. Es sei denn, es handelte sich um eine neue Ölquelle – in diesem Fall war der Prozentsatz halb so hoch wie der, den die Stämme zahlten.

Als er die fetten Gewinne der Öl- und Gasunternehmen und die Bedürfnisse des Stammes bedachte, wurde Mason stinksauer.

Mason beschloss, sich durch die Computer der wichtigsten Ölkonzerne in Oklahoma zu wühlen, und machte sich an die Arbeit. Er wollte sehen, ob sie etwas gegen den Gouverneur in der Hand hatten. Es fühlte sich wie eine wichtige Sache an. Eine Möglichkeit für Mason, seinem Stamm zu helfen.

Das vierte Unternehmen, das er ausprobierte – Freestone Oil – hatte eine Schwachstelle in seinem Mailserver. Er gewährte privilegierten Zugriff, wenn ihm eine sehr große URL übermittelt wurde. Er nutzte dies, um einen Chatbot-Trojaner zu installieren, der sich zu bestimmten Zeitpunkten um 2 Uhr morgens mit ihrem Internet-Chat-Dienst verbinden konnte.

Mason war dann in der Lage, über den IRC-Chatbot in ihre Postfachdateien zu gelangen und sich umzusehen. Er suchte nach jeglicher Kommunikation mit dem Gouverneur. Er fand mehrere, aber es gab nichts Bedenkliches darin. Es war entmutigend und er hätte fast aufgegeben.

Aber da er schon mal drin war ...

Mason begann, die Kommunikation mit anderen Politikern zu durchsuchen – und davon gab es reichlich. Es gab eine ganze Reihe mit einem Staatsenator namens Chase Whitmere – in denen es um ein Vorwahlangebot ging, den amtierenden Gouverneur zu ersetzen.

Mason hatte den ganzen Nachmittag damit verbracht, die Korrespondenz mit Whitmere und zwei anderen zu sichten. Genauer gesagt zu überfliegen, denn alles war sehr langweilig und sehr gewöhnlich. Er war gerade zu einer anderen E-Mail gesprungen, als sein Gehirn ihn aufschreckte und ihn zur vorherigen zurückkehren ließ.

Sie stammte von einem PR-Mann von Freestone Oil namens Gerald Fernsby und lautete nur: „Sie müssen das überdenken. Ich zähle auf Ihre Stimme."

Harmlos. Aber ... irgendwie fühlte es sich bedrohlich an. Und merkwürdig. Denn Fernsby schien sich sehr sicher zu sein, dass der Staatsenator es sich anders überlegen und so abstimmen würde, wie es das Unternehmen wollte.

Mason ging in den Nachrichten zwischen den beiden zeitlich vorwärts und sah eine Woche später eine, die bloß lautete: „Danke für Ihre Unterstützung."

Nachdem er sich umgesehen hatte, fand er die Gesetzesvorlage, über die abgestimmt worden war. Whitmeres Stimme änderte das Ergebnis. Mason fand eine andere Nachricht von Fernsby an Whitmere, diesmal eine Woche vor der ersten Nachricht, die eine kleine Tondatei enthielt. Mason warf einen Blick darauf und lud sie herunter. Er klickte sie an, um sie abzuspielen. Ihm fiel buchstäblich die Kinnlade herunter, als er eine Frau sagen hörte:

„Nein, Chase. Bitte! Tu das nicht!"

Das „Nein" war atemlos. Er konnte das Entsetzen in ihrer Stimme hören. Es klang, als ob sie geweint hatte. Nach der Bitte gab es ein schnelles Einatmen, gefolgt von einem Geräusch wie ein Schlag – vielleicht ein Klaps. Dem folgte Stille.

Es dauerte nur fünf Sekunden. Was zum Teufel war das?

Er ging in der Zeit zurück und fand Nachrichten, die sechs Monate zurückreichten. In den meisten davon teilte Fernsby dem Senator mit, welche Maßnahmen das Unternehmen unterstützte und welche Teile von Gesetzesvorschlägen sie am liebsten verschwinden sehen wollten. Aber es gab eine sehr kryptische Nachricht von vor genau sechs Monaten, in der nur stand: „Das Problem ist gelöst."

Es war ein verwegener Schuss ins Blaue, aber Mason wollte nach all der Zeit, die er bereits investiert hatte, nicht aufgeben. Whitmere war ein Senator aus der Gegend von Stillwater. Also durchsuchte Mason die Archive der *Stillwater News Press*. Er begann seine Suche am Tag vor und am selben Tag der „Das Problem ist gelöst"-E-Mail. Er suchte nach allem Ungewöhnlichen – besonders in Bezug auf Geld oder Sex. Nichts.

Da er vermutete, dass die Sache es vielleicht noch nicht in die Zeitung geschafft hatte, weitete er seine Suche auf die zwei Tage nach der E-Mail aus. Dort gab es zwei interessante Meldungen. Die eine war der Raubüberfall auf eine örtliche Arvest Bank und die andere eine Vermisstenanzeige für eine gewisse Loretta Sue Humphrey.

Da er davon ausging, dass ein Politiker und ein Ölmanager wohl kaum eine Bank ausrauben würden – zumindest nicht mit einer Waffe (!) –, suchte er nach weiteren Informationen über Humphrey. Sie wurde immer noch vermisst – seit mittlerweile sechs Monaten. Er fand ein Foto von ihr und speiste es in seine Gesichtserkennungssoftware ein. Er hatte mit der Kairos-App angefangen, aber er und sein Mitbewohner hatten sie stark verbessert. Schnell fand er eine Reihe von Treffern.

Loretta war eine hübsche Rothaarige. Sah sehr lieb aus. Er fand ihr Abschlussfoto von der Oklahoma State. Er fand sie auch im Hintergrund einiger Fotos von Spendenveranstaltungen für verschiedene Zwecke. Und – Bingo! – auf einem stand sie direkt hinter Whitmere, als dieser seinen Sieg bei der letzten Wahl verkündete. Sie war nicht namentlich genannt, aber die Gesichtserkennungssoftware ergab eine Übereinstimmung von über 99 %.

Mason lehnte sich fassungslos zurück. Konnte er wirklich herausgefunden haben, was er vermutete? War Loretta Sue für den verheirateten Senator Whitmere zu einem Problem geworden? Wenn Fernsby „das Problem gelöst" hatte – war sie tot? Sechs Monate waren vergangen und sie war nicht gefunden worden.

Also hat Fernsby Whitmere in der Hand – er muss so abstimmen, wie es die Ölgesellschaft will?

Mason schüttelte ungläubig den Kopf. Er hatte keinen Beweis, das war sicher. Aber eine sehr, sehr interessante Ansammlung von Zufällen.

Mason gähnte herzhaft und warf dann einen Blick auf seine Uhr. Es war vier Uhr morgens und er war erschöpft. Zeit, sich aufs Ohr zu hauen, damit er es morgen zu seinem Kurs für fortgeschrittene Netzwerksicherheit schaffte. Dann konnte er sich überlegen, an wen er sich mit diesen Informationen wenden konnte.

2

Am nächsten Morgen schaffte es Mason gerade noch rechtzeitig zum Unterricht – nur um festzustellen, dass sein Professor krank war und der Kurs ausfiel. Also machte er sich auf den Heimweg. Es war ein frischer Frühlingstag und überall roch es nach Blumen. Er genoss den Spaziergang.

Unterwegs scrollte er auf seinem Handy, um einen Reporter aus Oklahoma zu finden, der seinen Informationen nachgehen könnte. Er war nur einen Block von zu Hause entfernt, als er eine Nachricht von seinem Mitbewohner Bill bekam: „Komm nicht nach Hause!!!!"

Mason erstarrte. Er sah sich um. Er sah nichts Ungewöhnliches auf der Straße, aber er verließ den Gehweg und schlüpfte zwischen das zweistöckige Verbindungshaus, in dem ein Freund von ihm wohnte, und das rote Backsteinhaus daneben. Die beiden Häuser standen nur etwa zwei Meter voneinander entfernt, sodass Mason von der Straße aus nicht gesehen werden konnte, es sei denn, jemand stand direkt gegenüber.

Er hatte sich bewegt, ohne auch nur nachzudenken. Aber jetzt kam es ihm ein wenig theatralisch vor. Sich zu verstecken.

„Warum?", schrieb er zurück.

Es kam keine Antwort.

Er wartete fast eine Minute und schrieb dann: „Was ist los?"

Wieder wartete er.

Zwei Minuten später schrieb Bill: „LOL – reingefallen! War nur ein Scherz. Komm nach Hause – es gibt was, das du sehen musst."

Nur ... das konnte nicht Bill gewesen sein. Bill benutzte nie LOL oder eine der anderen kindischen Abkürzungen, von denen er sagte, sie ließen einen wie ein zwölfjähriges Mädchen klingen.

Mason wurde leicht schwindelig. Er konnte sein Herz schlagen hören – schnell und laut. Er hatte in seinem ganzen Leben noch nie Ärger gehabt. Das Einzige, was in seinem Leben gerade anders war, war der Hack von letzter Nacht – sein Verdacht, dass ein Politiker und ein PR-Mann einer Ölfirma eine junge Frau hatten verschwinden lassen.

Mason drehte sich um und rannte zurück zum Computerlabor der Uni. Er rannte zwei Blocks zur Main Street und überquerte die Bahngleise. Er musste für eine Minute anhalten und nach Luft schnappen. Aber hier gab es keinerlei Deckung. Jeder konnte ihn sehen.

Er rannte und ging abwechselnd an den Tennisplätzen und dem Studentenwerk vorbei. Schließlich betrat er das Universitätsgelände und passierte die Bibliothek. Er duckte sich hinter eine Seite des Gebäudes und schluckte Luft. Sein Herz hämmerte so laut und so schnell, dass er es kaum fassen konnte. Seine Mutter hatte ihm seit Jahren in den Ohren gelegen, er solle Sport treiben.

„Du solltest meilenweit laufen können", hatte sie ihm immer gesagt. „Ich bin gelaufen. Meine Eltern sind gelaufen. Das liegt dir in den Genen."

Ich verspreche es, Mom, schwor er. *Wenn ich hier rauskomme, fange ich mit dem Laufen an!*

Er blieb, bis er wieder atmen konnte, ohne zu keuchen, und rannte dann die letzte, einem Footballfeld entsprechende Strecke zur Akeley Hall, wo sich das Computerlabor befand. Die Türen schienen ihn mit offenen Armen zu empfangen. Er hatte die meisten Nächte im Labor verbracht. Es war für Studenten rund um die Uhr geöffnet. Nachts war es für andere ohne Schlüsselkarte verschlossen.

Er ging in das kleinere Unix-Labor mit zehn Computerplätzen

und setzte sich mit dem Rücken zur Vorderwand auf den Boden, wo man ihn nur sehen würde, wenn man den Raum betrat.

Er schrieb Bill eine Nachricht: „Ich komme nie wieder nach Hause."

Es kam keine Antwort. Was war hier los? Hatte Bill beschlossen, sich einen üblen Scherz mit ihm zu erlauben? Aber das sah Bill nicht ähnlich.

Mason saß einfach nur da und wusste nicht, was er tun sollte. Zwei Stunden später saß er immer noch da. Immer noch unsicher, was zu tun war.

Dann kam Bill herein. Bill hatte einen hässlichen lila Bluterguss, der sein linkes Auge so sehr anschwellen ließ, dass man es kaum noch sehen konnte. Und sein rechtes Auge sah rot aus, als hätte er geweint. Das ließ sein ohnehin schon unansehnliches, pausbäckiges Gesicht noch viel schlimmer aussehen. Seine Brille saß wegen der Schwellung um dieses Auge schief. Er sah plötzlich viel jünger aus als der College-Student, der er war.

„Was ist passiert?", fragte Mason.

„Zwei große Kerle", sagte Bill. „Ich dachte wirklich, sie würden mich umbringen! Sie hatten Waffen!" Er rieb sich mit der Hand über das rechte Auge und tätschelte die Haut um sein linkes.

„Ich ziehe aus. Ich penne bei Jaime, bis ich eine neue Bleibe finde."

„Aber ... was ist passiert?"

„Sie waren hinter dir her", sagte Bill.

„Sie haben deinen Computer und alle deine Laufwerke mitgenommen. Haben ständig gefragt, wo du bist. Wo du wahrscheinlich sein könntest. Ich hab gesagt, vielleicht hängst du in der Uni rum. Gut, dass du nicht aufgetaucht bist. Die haben keinen Spaß verstanden."

„Hast du die Polizei gerufen?"

„Zur Hölle, nein. Und das werde ich auch nicht. Sie haben gesagt, sie würden mich finden und umbringen, wenn ich es tue. Sie haben sich meinen Führerschein angesehen. Sie haben auch die Adresse meiner Eltern. Haben gesagt, sie würden dorthin fahren und meine Mutter umbringen!"

Masons Augen weiteten sich. „Das kann nicht wahr sein!", sagte er und schüttelte den Kopf.

„Glaub es ruhig", sagte Bill. „Ich glaube, ich bin sicher, wenn ich die Klappe halte und mich fernhalte. Aber du nicht. Sie werden nicht aufhören, bis sie dich haben. Mase, was zum Teufel hast du getan?"

Dann hob Bill die Hand und streckte die Handfläche vor. „Nein. Nein. Beantworte das nicht. Ich will es nicht wissen."

Damit stand Bill auf, legte Mason unbeholfen eine Hand auf die Schulter und verließ den Raum.

Mason saß da. Er bemerkte teilnahmslos, dass seine rechte Hand zitterte. Er umfasste sie mit der Linken und blieb sitzen. Dachte nach. Er war nicht dumm. Er hatte noch nie jemanden gehabt, der hinter ihm „her" war. Es konnte kein Zufall sein, dass dies direkt nach dem Hacken dieses Computers geschah.

Vielleicht bin ich doch dumm, dachte er. In seiner Aufregung, etwas – irgendetwas – zu finden, um seinem Stamm zu helfen ... hatte er nicht innegehalten, um sich zu fragen, wie die Reaktion der Firma ausfallen würde. Er war einfach davon ausgegangen, dass sie es nicht herausfinden könnten. Aber er war nicht so vorsichtig gewesen, wie er hätte sein können – er hatte nur herumgespielt.

Aber diese Leute waren es nicht. Sie hatten wahrscheinlich eine Frau getötet. Vielleicht mehr.

Sein Vater hatte einen Spruch: „Du boxt außerhalb deiner Gewichtsklasse." Was bedeutete, dass er es mit Leuten aufnahm, die weit über seiner Gewichtsklasse lagen. Leute, die Fähigkeiten hatten, die er nicht einmal verstand, geschweige denn besaß.

Mason sah nur eine Möglichkeit. Er stand auf, fand einen anderen Studenten im Gebäude und lieh sich dessen Telefon für einen Anruf.

„Mom", sagte er ins Telefon. „Erinnerst du dich, als du mir erzählt hast, wie die Tochter von White Eagle diesen Drogendealern entkommen ist? Dass unser Stamm einen Beschützer für den Notfall hat? War das wahr?"

„Ich könnte so jemanden wirklich gut gebrauchen."

3

Sara Flores hatte schlechte Laune. Nach Lock Haven, Pennsylvania, zu kommen, war noch schwieriger, als zu ihrem Zuhause außerhalb von Lupiti, Oklahoma, zu gelangen. Sie weigerte sich schlichtweg, mit drei Flugzeugen zu fliegen – zwei waren das Maximum, das sie ertragen konnte. Daher blieb ihr nur eine einzige Möglichkeit pro Tag. Glücklicherweise ging der Flug um 15 Uhr, sodass sie den heutigen Flug noch erwischen konnte.

Sie hatte einen Zwischenstopp in Chicago und fünf unerträgliche Stunden, in denen sie in den beiden Flugzeugen festsaß. Fünf Stunden voller Gerüche, die so stark und widerlich waren, dass sie am liebsten gekotzt hätte. Sie flog Erster Klasse, aber der Geruch des Mannes neben ihr auf dem Flug nach Chicago war so penetrant, dass sie ihn am liebsten auf eine Toilette geschleift, ins Klo gestopft und die Tür für den Rest des Fluges abgeschlossen hätte. Der Mann brauchte eine Anleitung, wie man sich den Arsch richtig abwischt.

Die Frau neben ihr auf dem letzten Flugabschnitt war genauso schlimm. Widerlich süßes Parfüm. Und ein Hauch von Erbrochenem.

Es gab viele Vorteile, einen außergewöhnlichen Geruchssinn zu haben – aber diese Vorteile verschwanden in öffentlichen Verkehrsmitteln.

Es war 22:30 Uhr, als sie mit dem nichtssagenden Kompaktmietwagen über den Parkplatz hinter der Akeley Hall an der Lock Haven University fuhr. Es stand nur ein weiteres Auto auf dem Parkplatz. Leer. Sie hatte es überprüft.

Sie atmete tief durch, um sich zu beruhigen. Es war ein Jahr her, seit sie diese neue „Karriere", Menschen vor Übeltätern zu beschützen, begonnen hatte. Bisher hatte sie fünf Menschen gerettet. So weit, so gut.

Aber sie machte sich Sorgen. Sie wusste, dass ihr die nötige Ausbildung fehlte – wie die von Geiselrettern, Army Rangers oder Navy SEALS. Sie hatte nur einen riesigen Vorteil, den keiner von ihnen hatte. Aber würde das ausreichen? Jedes Mal, wenn sie versuchte, jemanden zu retten, machte sie sich Sorgen. Dass ihr Mangel an Ausbildung dieses Mal zum Tod führen würde – für sie beide, für sie und die Person, die sie zu retten versuchte.

In einem Zimmer im zweiten Stock mit Blick auf den Parkplatz brannte Licht. Niemand war zu sehen. Sara kurbelte das Fenster herunter und schaltete den Motor aus. Sie atmete tief durch die Nase ein. Lauschte aufmerksam mit ihren Ohren. Sie spürte niemanden.

Sie zog ihr Handy hervor und wählte kurz die Nummer von Masons Mutter an. Ein Mittelsmann hatte dies als Signal festgelegt, damit die Mutter Mason anrief und ihm sagte, er solle zur Hintertür gehen. Sie wartete fünfzehn Sekunden, dann startete sie den Wagen wieder und fuhr ihn nah an die Hintertür heran. Sie ließ den Motor laufen und ging zur Tür des Gebäudes.

Sie sah einen durchschnittlich großen, schlanken Mann mit langen, zurückgebundenen braunen Haaren. Schlampig gekleidet wie die meisten Collegekids. Er trug einen schweren Rucksack. Attraktiv. Aber definitiv verschreckt. Er drehte seinen Kopf in alle Richtungen.

„Mason", sagte sie. „Ich bin Sara. Steig auf den Vordersitz und ducke dich auf den Boden. Schnell!"

4

Mason zögerte. Diese Frau war nicht das, was er erwartet hatte. Sie sah ziemlich gewöhnlich aus. Gut, aber keine Lara Croft mit rauchenden Colts. Keine Biker-Braut mit Tattoos. Kein ...

Mason flog förmlich ins Auto und wurde dann auf den Boden gedrückt. Okaaay. Zumindest war sie stark.

Sara sprang ins Auto und fuhr von der Universität weg. Mason wollte, dass sie schnell fuhr, aber das tat sie nicht. Er vermutete, dass sie sich an die Geschwindigkeitsbegrenzung hielt. Sie bog ein paar Mal ab. Mason hob den Kopf, um zu sehen, wohin sie fuhr. Ihre Hand drückte seinen Kopf wieder nach unten.

„Ich bin sicher, es ist unbequem, aber bleib noch zehn Minuten unten."

„Wohin fahren wir?"

„Nach Williamsport. Die nächstgrößere Stadt in der Gegend. Nicht die, in der ich gelandet bin, und nicht hier – dieser Ort ist viel zu klein zum Untertauchen. Das ist das Beste, was wir für heute Nacht tun können. Gib mir etwas Zeit, auf die Autobahn zu kommen und sicherzustellen, dass wir nicht verfolgt werden."

Mason wartete. Er bewegte seinen Kopf, um es bequemer zu haben. Und um seine Nase aus dem Teppich des Fußraums zu bekommen. Er sah ihr beim Fahren zu, Lichter huschten gelegentlich über ihr Gesicht. Ihre Augen wanderten unablässig zwischen der Straße vor ihr, dem Rückspiegel und den beiden Seitenspiegeln hin und her.

Sie sah nicht aus wie eine Lupiti. Sie hatte dunkles, strubbeliges Haar, das ihr Gesicht einrahmte. Braune Augen mit einem fast goldenen Leuchten darin. Sie sah ungefähr fünfzehn Jahre älter aus als er. Intensiv. Selbstbewusst. Sie trug komplett dunkle Kleidung – ein dunkles T-Shirt, Jeans und eine Jacke. Knallharte schwarze Cowboystiefel. Und etwas um ihren Hals.

„Ist das ein Medizinbeutel?", fragte er.

Ihre Hand fuhr an ihren Hals. „Ja", antwortete sie.

Sie bog ab und beschleunigte dann. Er nahm an, dass sie auf den U.S. 220 auffuhr. Er schaute ihr zu, wie sie die Straße beobachtete.

Schließlich wandte sie sich ihm zu. „Du kannst dich jetzt auf den Sitz setzen. Und erzähl mir alles, was passiert ist. Von Anfang an."

Mason tat es.

„Also", sagte sie, nachdem er geendet hatte. „Kurz gesagt – Du denkst, dieser Fernsby von Freestone Oil hat dieses Loretta-Sue-Problem für den Staatssenator Whitmere aus der Welt geschafft? Und jetzt stimmt Whitmere so ab, wie Fernsby es für die Ölgesellschaft will. Richtig?"

Mason nickte.

„Und am nächsten Tag, nachdem du die E-Mail und die Vermisstenanzeige gefunden hast, brechen zwei Schläger in dein Haus ein, schlagen deine Mitbewohner und stehlen deinen anderen Computer?"

Mason nickte erneut.

„Ich will dich nicht beleidigen, Mason, aber wie haben die herausgefunden, dass du es warst? Leiten Hacker ihre Adresse nicht um die ganze Welt, anstatt eine direkte Spur zu hinterlassen?"

„Natürlich habe ich das gemacht!", sagte Mason. „Ein paar Umleitungen jedenfalls – aber ich habe nur herumgespielt. Und sie hätten nie sehen dürfen, dass sie gehackt wurden! Die einzige Möglichkeit ist, dass jemand zufällig da war und den Chatbot laufen sah, als er nicht laufen sollte. Sobald ich offline war, hätte es keine Aufzeichnung mehr gegeben."

„Allerdings *hätte* jemand zusehen können, und dann *hätten* sie dich zurückverfolgen können. Richtig?"

Mason presste die Lippen aufeinander. Aber er nickte.

Zehn Minuten später waren sie in Williamsport. Sara fuhr auf den Parkplatz eines Spirituosengeschäfts.

„Schließ die Türen ab. Ich bin gleich wieder da."

Er sah sie die Straße überqueren und das Genetti Hotel betreten. Nach acht Minuten war sie zurück, startete den Wagen wieder und fuhr los.

„Bleiben wir nicht dort?", fragte Mason.

„Nein, ich habe hier ein Zimmer reserviert. Also fahren wir woandershin – wo ich keine Reservierung hatte."

Sie fuhr drei Blocks weiter und bog dann auf einen Parkplatz für ein Gebäude ein, das wie eine Kathedrale aussah. Sie fuhr auf die Rückseite, parkte und ging durch die Hintertür hinein. Eine Plakette dort besagte, dass es das City Hall Grand war. Als sie zurückkam, hatte sie einen Schlüssel für Mason.

„Hör zu. Das funktioniert nur, wenn du tust, was ich sage. Ich werde versuchen, ihnen eine Falle in deiner Wohnung zu stellen. Aber das wird nicht klappen, wenn die auch nur die geringste Ahnung bekommen, dass du hier bist."

„Also, entferne zuerst die SIM-Karte aus deinem Handy." Sara sah zu, wie Mason es tat.

„Öffne jetzt deinen Laptop und schalte die Internetverbindung aus." Er tat es. „Ich weiß, das wird dir schwerfallen." Sara lächelte. „Aber du darfst nicht online gehen, nicht mal für eine Sekunde – bis ich dein Zimmer anrufe. Es könnte die ganze Nacht dauern. Vielleicht sogar bis morgen früh. Schaffst du das?"

„Ja."

„Ich meine es ernst, Mason. Die haben wahrscheinlich mittlerweile einen Weg in deinen Computer. Und wenn sie herausfinden, dass du hier bist, kommen sie hierher, und ich werde nicht da sein, um dich zu beschützen. Ich muss sie glauben machen, dass du in deiner Wohnung zurückkehrst. Also versprich es mir."

„Okay."

Sie zog eine Augenbraue hoch.

„Ich verspreche es", sagte er.

Sie gab ihm den Schlüssel und begleitete ihn ins Zimmer. „Bestell dir ruhig etwas beim Zimmerservice und lass es auf die Zimmerrechnung setzen. Aber lass das Tablett vor der Tür abstellen und lass niemanden herein."

5

---

uf ihrer Fahrt zurück nach Lock Haven versuchte Sara herauszufinden, was sie dort erwarten würde. Die wahre Gefahr bestand darin, ob sie erst schießen und dann fragen würden – oder nie. Aber sie schätzte die Wahrscheinlichkeit dafür als gering ein. Sie wollten Mason. Für sie war sie wertvoll, als Mittel, um an ihn heranzukommen.

Würden sie im Haus auf sie warten? Riskant, falls Mason die Polizei dorthin schickte. Draußen vor dem Haus warten? Oder woanders mit einer elektronischen Falle, die sie alarmierte, wenn jemand nach Hause kam?

Natürlich war die größte Frage – immer wenn sie auf diese Weise eingriff –, wie sie die Bedrohung ausschalten konnte, ohne bei den Behörden aufzufliegen. Oder bei irgendjemand anderem. Zumindest nicht bei irgendjemandem, den sie am Leben ließ.

Und – bevor sie jemanden tötete – wollte sie immer sichergehen, dass er es auch wirklich verdient hatte. Das war ihr Kodex, und daran hielt sie sich. Auch wenn das keine Polizisten beeindrucken würde, denen sie unglücklicherweise über den Weg lief.

Wie sollte sie es also am besten anstellen? Wahrscheinlich als das „dumme Frauchen." Jemand, der so dumm war, in Masons Haus zu gehen, um ein paar Sachen für ihn zu holen. Sie seufzte. Die Nummer wurde wirklich, wirklich nervig, je öfter sie sie durchzog. Ein großer Teil des Ärgers bestand darin, wie leicht Männer ihr die Nummer abkauften. Das erzeugte in ihr den Wunsch, sie allein aus Prinzip zu Brei zu schlagen.

Trotzdem funktionierte die Nummer.

Sara hatte nur zwei Wege gefunden, um an Informationen von einem Handlanger zu kommen. Erstens: Man jagt ihm eine Heidenangst ein. Schlimmer als die Angst, die er vor dem Boss hat, der ihn angeheuert hat. Frauen sind bei dieser Methode tödlich im Nachteil – aber sie war die Ausnahme. Sie konnte ihnen mehr Angst einjagen, als sie jemals in ihrem Leben gehabt hatten. Aber das würde sie verraten. Realistisch gesehen konnte sie das nur tun, wenn sie vorhatte, sie zu töten.

Die andere Methode war, sie zum Prahlen zu bringen. Weil sie einen für so unbedeutend hielten (und für gewöhnlich auch dachten, dass man sehr bald sehr tot sein würde), dass Prahlen absolut kein Risiko darstellte. Und hier kam die Nummer mit dem „dummen Frauchen" ins Spiel.

Also fuhr sie – als dummes Frauchen – langsam an Masons Haus vorbei und um den Block. Als sie wieder in seine Straße einbog, schaltete sie die Scheinwerfer aus, so, als würde das nicht bemerkt werden. Sie hielt ein Haus vor seinem an.

Sie stellte sicher, dass die Innenbeleuchtung des Wagens nicht anging (es gab zumindest einige Grenzen, wie dumm sie sie einschätzen würden!).

Sie stieg aus dem Auto und schloss leise die Tür. Ging schnell mit einem Hauch von „Heimlichkeit" zu seiner Tür, fummelte am Schlüssel herum und schloss auf. Sie trat ein und schloss die Tür wieder ab. Sie kramte eine kleine Stiftlampe hervor und leuchtete damit umher. Damit schlich sie zum hinteren Teil des Hauses und öffnete die Tür zu Masons Zimmer.

Sie nahmen sie nicht sehr ernst. Der Mann, der sich von hinten näherte, war nicht sehr leise und hätte wirklich ein Bad gebraucht. Sie tat so, als wüsste sie nicht, dass er da war. Ein anderer Mann wartete im dunklen Schlafzimmer. Dieser Idiot hatte an diesem

Morgen tatsächlich ein parfümiertes Aftershave benutzt. Sie war sich nicht ganz sicher, aber sie glaubte, es war Eternity for Men von Calvin Klein.

Sie betrat den Raum und folgte dem Lichtkegel ihrer kleinen Stiftlampe. Der Mann hinter ihr kam näher und packte sie – sein linker Arm schlang sich um ihre Mitte und seine rechte Hand presste sich auf ihren Mund, um den Schrei zu unterdrücken, den sie auszustoßen versuchte. Sie konnte ihn nicht sehen, aber er war groß. Über eins achtzig, denn als sie sich (schwach) wehrte und ihren Kopf nach hinten gegen ihn stieß, traf sie seine Brust, nicht sein Kinn. Seine Arme waren kräftig – zu kräftig für das Businesshemd, das sie bedeckte.

Der Mann vor ihr war kleiner. Sehr hellblondes Haar, das im Schein der Stiftlampe fast leuchtete. Kurz geschnitten, aber nicht militärisch. Er war wie ein Manager gekleidet. Er trat auf sie zu, hob den Arm und setzte ihr etwas, das wie eine Sig Sauer 9 mm aussah – mit Schalldämpfer –, direkt an die Stirn.

Sara erstarrte.

„Wer sind Sie, und wo ist Mason Spencer?", fragte der Blonde.

„Ähm ... ich bin Judy?", ließ Sara ihre Stimme hoch und zaghaft klingen. Es war nicht schwer, verängstigt zu klingen. Egal, welche Art von Kugeln in der Waffe waren, ein Schuss aus nächster Nähe in den Kopf würde sie wahrscheinlich töten oder zu einem Pflegefall machen. Sie wollte nicht herausfinden, was von beidem.

„Ähm ... Mase hat mich gebeten, ein paar Sachen für ihn zu holen?"

„Wo ist er?"

„Ich weiß es nicht. Er hat gesagt, er würde mich anrufen. Mir sagen, wo ich sie abgeben soll?"

Der Blonde blickte über Saras Kopf hinweg zu dem Mann, der sie festhielt. Dann nickte er und trat einen Schritt zurück. Die Waffe war immer noch auf sie gerichtet, aber nicht mehr direkt an ihrer Stirn.

„Was sollen Sie ihm denn holen?"

„Ähm ... ein paar Kleider? Und seinen Computer und die Disketten?"

„Okay. Holen Sie sie."

Der Mann hinter ihr ließ los. Sara huschte zum Schrank und schnappte sich eine Tasche. Sie fand eine Jeans, ein Paar Socken, Unterwäsche und zwei Hemden. Sie packte sie in die Tasche. Dann sah sie auf den mit Papieren bedeckten Schreibtisch. Sie öffnete einige Schubladen.

„Ähm ... entschuldigen Sie? Haben Sie vielleicht einen Computer oder Disketten gesehen? Mase sagte, sie wären genau hier." Sara faltete ihre Hände – rechts, links, rechts, links – und blickte besorgt drein.

„Nein, ich habe dort keinen Computer gesehen", sagte der Blonde. Er wandte sich dem größeren Muskelprotz zu. „Hast du einen Computer gesehen?", fragte er. Sara vermutete, dass er dabei wahrscheinlich grinste.

Aber das war ihre Chance.

Der Muskelprotz lehnte an der geschlossenen Schlafzimmertür, ihr zugewandt, etwa zweieinhalb oder drei Meter von ihr entfernt. Seine Waffe zeigte auf den Boden. Blondie stand etwa auf halbem Weg zwischen ihr und dem Muskelprotz. Er blockierte nicht die Sicht des Muskelprotzes auf sie, stand aber nur einen halben Meter seitlich versetzt. Blondies Waffe war immer noch grob in Saras Richtung gerichtet, aber sein Kopf hatte sich gedreht, um den Muskelprotz anzusehen.

Sara hatte bereits entschieden, dass sie riskieren musste, aufzufliegen, um hier rauszukommen. Sie konnte Blondie packen und ihn zwischen sich und den Muskelprotz zerren. Dafür war sie stark genug. Aber dann war da immer noch Blondies Waffe. Und sie musste einen von ihnen nur außer Gefecht setzen, nicht töten. Sie brauchte Antworten.

Blondies Körper war immer noch ihr zugewandt, einer seiner Arme leicht ausgestreckt. Nur sein Kopf hatte sich gedreht.

Sara sprang gegen seinen Körper, schlang beide Arme fest um seine Taille und presste ihn an sich, in einer Bewegung, die wie eine leidenschaftliche Umarmung ausgesehen haben musste. Ein Teil der Umarmung bestand darin, ihn so zu bewegen, dass sein Körper direkt zwischen ihr und dem Muskelprotz war.

„Na, Schätzchen. Ich wusste ja gar nicht, dass Sie so für mich empfinden", sagte er und schlang seinen linken Arm fest um sie. Dann beugte er seinen rechten Ellbogen und richtete die Waffe auf ihren Kopf.

Sara hatte damit gerechnet und bereits begonnen, ihren Mund zu verwandeln.

Es wurde nie langweilig. Sich ganz – oder nur Teile von sich – in einen Wolf zu verwandeln. Es versetzte sie immer noch in Erstaunen. Dass so etwas real sein konnte. Dass ausgerechnet sie dazu in der Lage war. Sie war eine ganz normale Frau gewesen. Bis ihr Lupiti-Nachbar sie kurz vor seinem Tod verwandelt hatte. Sie zu ... nun ja ... zumindest nicht mehr gewöhnlich machte.

Ihre Nase schob sich von ihrem Gesicht weg und wurde zu einer Schnauze. Ihre Zähne verlängerten sich. Ihr Kiefer wurde kräftiger. Dann riss sie den Kopf zur Seite und packte das Handgelenk seiner Waffenhand mit ihrem Maul. Und biss fest zu. Biss die Hand ab.

Der Mann schrie auf. Seine Hand löste sich von seinem Arm, die Waffe immer noch umklammernd. Blut spritzte in alle Richtungen. Sara hielt sich fest, ließ sich nach hinten fallen und riss den Mann auf sich. Er diente ihr weiterhin als Schild gegen Muscles. Sie landeten direkt neben der fallengelassenen Waffe.

Sie ließ Blondie los, der sich wand, um die Blutung aus seinem Stumpf zu stillen. Sara schnappte sich die Waffe vom Boden und schoss zweimal direkt in die Brust von Muscles, der dastand, die Waffe im Anschlag, aber fassungslos dreinblickte. Muscles rutschte an der Tür hinunter, ohne einen Schuss abgefeuert zu haben, seine Augen schockiert auf sie geheftet.

Tatsächlich, wurde ihr klar, blickte er nicht auf ihre Augen, sondern etwas tiefer. Ihr Blick wanderte nach unten und sie bemerkte, dass sie immer noch eine Schnauze anstelle eines Mundes hatte.

Sara stieß Blondie von sich, stand auf und schoss Muscles noch einmal zwischen die Augen. Nur um sicherzugehen. Dann beugte sie sich hinunter und nahm ihm seine Krawatte ab. Sie ging damit zu Blondie und band ihm den Stumpf ab.

„Jetzt müssen wir reden", versuchte sie zu sagen – aber ihre Worte kamen nur verstümmelt heraus.

„Ups", grinste sie, die Zunge hing ihr seitlich aus dem Maul. Sie deutete auf ihre Schnauze. Dann verwandelte sie diese zurück in ihren menschlichen Mund. Blondies Augen hätten nicht größer werden können.

„Was zum Teufel?"

Sara zog beide Augenbrauen hoch.

„Aber ... aber ... Werwölfe gibt es doch gar nicht."

Sara neigte den Kopf und lächelte. „Sind Sie sicher? Wollen Sie es noch mal sehen?"

Dann verschwand das Lächeln aus ihrem Gesicht. Sie hatte sich selbst schockiert.

Plötzlich wurde ihr klar, dass sie mit ihm reden wollte – ihm erzählen, wie es war, ein Werwolf zu sein. Es irgendjemandem erzählen ... irgendwem. Ein Geheimnis zu bewahren war viel schwerer, als sie es sich je vorgestellt hatte. Lächerlich!

„Vielleicht", sagte sie stattdessen, „sollten wir darüber reden, ob Sie am Leben bleiben oder nicht. Erzählen Sie mir alles, was Sie über den Senator des Staates Oklahoma, Chase Whitmere, Gerard Fernsby von Freestone Oil und Loretta Sue Humphrey wissen."

Das tat er. Aber alles, was er wusste, war nicht viel wert. Der verwirrte Blick in seinen Augen, als sie Whitmere und Fernsby erwähnt hatte, bedeutete, dass er nichts über sie wusste. Aber seine Augen waren ein wenig zur Seite gehuscht, als sie Loretta Sue erwähnt hatte.

Es stellte sich heraus, dass er und Muscles einen Auftrag für einen Mann namens Bob Stacey erledigten. Einer von vielen, die sie gemacht hatten. Er wusste nicht, wer Staceys Kunden waren.

„Eine letzte Frage", sagte sie. „Wer hat Loretta Sue getötet?" Er schaute weg.

„Verstehe. Dann noch eine letzte Frage. Wo haben Sie ihre Leiche hingebracht?"

Er sagte es ihr. Sara nickte. Dann hob sie Muscles Pistole (ebenfalls mit Schalldämpfer) auf und richtete sie auf den Kopf des Mannes.

Der Mann nickte zurück. „Bob Stacey wird Sie für mich kriegen. Er wird nicht auf diese feige Mädchen-Nummer reinfallen."

Sara lächelte. „Sie schon."

Sie drückte ab. Sie beugte sich vor und entfernte den Krawatten-Aderlass, sodass das Blut herausfließen konnte.

Sie griff in ihren linken Stiefel und zog ihr „Spyderco Matriarch 2"-Messer heraus. Sie liebte dieses Messer. Es ließ sich zum leichten Verstecken zusammenklappen, sah mit seiner aggressiven, umgekehrten S-Klinge verdammt furchteinflößend aus und schnitt durch fast alles – einschließlich Knochen.

Sie hob Blondies Arm auf und sägte mit dem Messer etwa fünf Zentimeter des Stumpfes ab – und achtete darauf, jeden Teil von ihm zu entfernen, der ihre Bissspuren oder ihren Speichel aufweisen könnte.

„Igitt, igitt, igitt!" Sie sammelte das Stück zusammen mit seiner Hand ein und wickelte es zum Abtransport in eines von Masons T-Shirts.

Sie hatte sich zur Tür umgedreht, als sie ein leises Summen hörte. Ein Handy auf Vibration. Es befand sich in Blondies Hemdtasche.

Sie wischte, um den Anruf anzunehmen. Dann lauschte sie. Niemand sprach.

Schließlich sprach eine Männerstimme. „Darf ich annehmen, dass ich mit der Frau telefoniere, die Mason im Grand Hotel am Rathaus einquartiert hat?"

Sara schlug sich die Hand vor den Mund. Sie fand es schwer zu atmen. Das war eine Katastrophe!

Dann fasste sie sich. *Panik später*, sagte sie sich und atmete zweimal tief durch.

„Das muss bedeuten, dass ich mit Bob Stacey telefoniere?", fragte sie.

Wieder langes Schweigen. Dann sagte er: „Meine zwei Männer sind tot?"

„Welche zwei Männer?"

„Ich werde Sie auf diesem Telefon anrufen, mit Details, wie Sie Mason zurückbekommen."

„Warten Sie! Dieses Telefon wird keine SIM-Karte haben. Suchen

Sie sich eine Uhrzeit aus, und dann wird es eine haben – für genau eine Minute."

Es gab eine Pause. Dann sagte die Stimme: „morgen Nachmittag um 14:30 Uhr." Dann legte sie auf.

6

Am nächsten Morgen um 11:30 Uhr saß Sara an ihrem Schreibtisch zu Hause – dreißig Meilen nordwestlich von Tulsa. In der Eastern Time Zone war es bereits 13:30 Uhr – sie hatte also noch eine Stunde, bevor sie die SIM-Karte wieder in Blondies Handy einlegen würde.

Die Klimaanlage lief, der schlammige Arkansas River floss an ihrem Fenster vorbei und auf ihrem iPhone lief Musik von Kris Kristofferson. Hier konnte sie atmen. Und versuchen, ihre Nerven zu beruhigen. Sie nippte an einer Tasse Matcha-Grüntee und genoss dessen vertraute Bitterkeit.

Nach Hause zu kommen, war ein Risiko, aber ein gutes. Eine Recherche über Freestone Oil ergab, dass es sich um eine relativ kleine Firma mit Sitz in Oklahoma handelte, die nur dort und in Texas Bohranlagen betrieb.

Bob Stacey war der CEO der in Tulsa ansässigen Stacey Security Group. Ein kurzer Blick auf die Website der Firma zeigte ein Unternehmen, das sich mit zweiunddreißig Arten von Sicherheitsproblemen befasste – von Veruntreuung, Versicherungsbetrug, Verleumdungsermittlungen und Hintergrundüberprüfungen bis hin zu den persönlicheren Bereichen wie Ehebruch/Untreue, sexuelle Belästigung und Drogenmissbrauch. Dort stand auch, dass sie sich um „Seitensprünge" kümmerten. Es wurde nicht näher erläutert, wie sie damit umgingen.

Ein Bild von Mason tauchte vor ihrem inneren Auge auf – doch sie verdrängte es. Sie hatte schreckliche Angst um ihn. Ihre einzige Beruhigung war, dass Stacey es jetzt wahrscheinlich genauso sehr, wenn nicht sogar mehr, auf sie abgesehen hatte als auf Mason. Wahrscheinlich würden sie ihm nichts tun, bis sie auch sie in die Finger bekämen.

Auf der Website seiner Firma gab es kein Foto von Stacey, aber durch Googeln konnte sie ihn im Hintergrund eines Fotos von lokalen Geschäftsleuten ausmachen. Er war ungefähr 1,75 m oder vielleicht 1,78 m groß. Schlank. Das schwarze Haar war für Oklahoma ein wenig zu lang. Er hatte graue Schläfen, für die er eigentlich zu jung schien. Vielleicht färbte er sie, um seriöser auszusehen? Auf seinem Gesicht lag ein halbes Lächeln, das zwar jovial, aber nicht aufrichtig wirkte. Auch sein Anzug war für Oklahoma ein wenig zu schick. Er wirkte wie ein Mann, der sehr darauf bedacht war, wie er auf andere wirkte.

Hatte er Mason hierher nach Tulsa zurückgebracht? Mason zu transportieren war zwar ein Risiko, aber auf seinem eigenen Terrain wäre es leichter, ihn unter Kontrolle zu halten und sich mit ihr zu befassen. Hier in Tulsa hatte er Orte und Politiker in der Tasche. Schließlich war Loretta Sue Humphreys hier getötet worden. Und sie war wahrscheinlich nicht sein erster Mord gewesen.

Mason konnte nicht mit einem Linienflug entführt worden sein. Er konnte auch nicht gefahren werden – die Fahrt dauerte siebzehn Stunden, dafür war nicht genug Zeit gewesen. Für einen panischen Moment fand sie bei der Überprüfung der lokalen Flughäfen in Williamsport und State College, Pennsylvania, nur reguläre Charter- oder Geschäftsflugzeuge, die letzte Nacht oder heute Morgen gestartet waren. Aber um 4:00 Uhr morgens war ein Privatjet von Harrisburg nach Tulsa gestartet. Er war auf Personnel Associates gebucht – eine Firma, die nur als Webseite zu existieren schien.

Wenn Stacey und Mason nicht in Tulsa waren, dann waren sie sicher in der Nähe. Das mussten sie sein. Denn sie musste Mason retten.

7

Mason wachte verwirrt auf. Er lag auf einer dünnen Matratze ohne Bettlaken. Er setzte sich schnell auf und packte seinen Kopf, um das Schwindelgefühl zu unterdrücken. Ihm war übel.

Es sah aus, als wäre er in einer Zelle oder Ähnlichem. Zwei Betonwände und zwei mit Metallgittern. Der Boden war aus Beton. Was um alles in der Welt?

Außer der Matratze gab es nur drei Dinge im Raum – eine durchsichtige Flasche Wasser, ein furchtbar aussehendes, in Plastikfolie gewickeltes Sandwich und einen großen Plastikeimer. Er befürchtete, den Zweck des großen Eimers zu kennen, und versuchte, nicht daran zu denken. Er würde hier verdammt noch mal nicht so lange festsitzen, dass er ihn benutzen musste.

Aber warum war er hier?

Oh, verdammt! Die Erinnerungen an die letzten beiden Tage schossen ihm wieder in den Kopf. Der Mann vom Zimmerservice – der darauf bestanden hatte, dass er für das Essen unterschreiben müsse. Also hatte er die Tür geöffnet. Und dann? Dann nichts. Schwärze. Er musste unter Drogen gesetzt worden sein.

Mason stand auf und tastete seine Taschen ab. Nichts drin. Er hatte nur noch seine Kleidung am Leib. Sein Laptop war weg. Selbst der fingernagelgroße USB-Stick aus seiner Gesäßtasche war verschwunden.

Wie lange war er schon hier? Mason trug nie eine Uhr, da er immer einen funktionierenden Computer oder ein Handy bei sich hatte. Sein Magen knurrte wie zur Antwort. Lange genug, um hungrig zu werden, wie es schien. Mason blickte zurück zum Sandwich. Vielleicht war es ja nicht ganz so widerlich?

Wenigstens konnte er das Wasser trinken. Er setzte die Flasche an den Mund und im nächsten Moment war sie auch schon leer. Er musste das Wasser wirklich gebraucht haben, denn es war weg, bevor er überhaupt daran denken konnte, etwas davon aufzusparen, um das Sandwich hinunterzuspülen.

Seine Angst wuchs. Er schritt im Raum auf und ab und klopfte alle Wände ab. Auf der Suche nach einem Ausweg. Er fand nichts. Was konnte er tun? Sie hatten seinen Laptop.

Wenn er nur irgendwie Bill erreichen könnte.

Wenn diese Sara Flores nur besser gewesen wäre.

Okay, das war nicht fair. Er hatte ihr geschworen, die Hoteltür nicht zu öffnen. Aber der Kerl war perfekt gewesen. Sah richtig aus. Klang richtig. Ein wenig gelangweilt. Ungeduldig. Genervt. Er war auf die ganze Nummer hereingefallen.

Und jetzt würde er deswegen sterben?

Wie konnte ich nur so dumm sein? Er ließ sich auf die Matratze fallen und vergrub das Gesicht in den Händen. *Ich bin zu jung zum Sterben, oder?*

Plötzlich ging die Tür auf. Er hatte nichts gehört. Herein kam der Mann vom Zimmerservice, gefolgt von zwei Schlägern mit Waffen. Waffen, die auf ihn gerichtet waren.

War's das jetzt?

Es war seltsam, wie anders der Mann vom Zimmerservice jetzt aussah, gekleidet in eine Anzugshose und ein Hemd mit einem Drei-Buchstaben-Monogramm, das knapp über seinem Gürtel zu sehen war. RGS, was auch immer das heißen mochte. Der gelangweilte, ungeduldige Ich-mache-nur-meinen-niederen-Job-Blick des Mannes war einem für ihn anscheinend natürlicheren Ausdruck von Selbstgefälligkeit gewichen. Herr des Universums.

„Herr Spencer", sagte der Mann. „Wie gefällt Ihnen Ihre Unterkunft bisher?"

Mason starrte ihn nur an.

„Ich weiß, sie entspricht nicht ganz Ihren Hotelstandards ...", der Mann lächelte. Freundlich. Aber irgendwie auch nicht. „Sie sollten wissen, es könnte noch viel, viel schlimmer sein." Er lehnte sich an eine der Wände und versuchte, lässig auszusehen. „Also, sag mir, wer genau ist diese Sara Flores?"

„Wer?", fragte Mason und erkannte sofort, dass das ein Fehler war. Das Lächeln des Mannes verschwand, als wäre es nie da gewesen. Mason wurde klar, wenn der Kerl den Namen hatte, wusste er zumindest etwas über sie.

Mason zuckte mit den Schultern. „Sie ist eine Art Bodyguard. Ich machte mir Sorgen, als Sie meine Wohnung durchsucht haben, also rief ich ... einen Freund an und er hat sie geschickt." Meine Güte, er hätte fast seine Mutter gesagt!

Aber dem Mann war das Zögern nicht entgangen. „Welcher Freund?", fragte er.

Mason wählte den härtesten, knallhärtesten Freund, den er kannte, einen Kerl aus dem Reservat. „Sein Name ist Will Lancer. Er ist bei den Special Forces."

Das schien den Kerl einen Moment innehalten zu lassen. „Also, was weißt du über sie?"

„Nichts. Sie ist nur ein Bodyguard. Hat mich in Lock Haven abgeholt und in das Hotel gesteckt."

Der Mann starrte ihn an.

„Ich weiß nichts weiter über sie. Na ja ... außer, dass sie ziemlich heiß ist. Für eine ältere Frau."

Der Kerl starrte ihn weiter an. Mason hob die Hände, die Handflächen nach oben. Er kannte sie wirklich nicht.

„Okay ...", sagte der Typ. „Du wirst ihr sagen, dass es dir gut geht. Was auch stimmt – im Moment." Er zog ein Handy hervor und drückte eine Taste. Es musste schnell jemand abgenommen haben, denn er sagte: „Er ist hier" und reichte Mason das Telefon.

Verdammt!, dachte Mason. *Keine Zeit, mir eine Nachricht für sie auszudenken. Aber sie* musste *einfach seinen Mitbewohner Bill* *kontaktieren.*

„Hey", sagte er ins Telefon.

„Bist du okay?", fragte sie.

„Mir geht es gut. Aber ... schick mir keine Rechnung, Schlampe!"

Der Mann riss ihm das Telefon aus der Hand. Er lächelte tatsächlich. Er hielt es sich ans Ohr und wollte gerade anfangen zu sprechen. Aber sie musste ihm zuvorgekommen sein – und dann aufgelegt haben. Denn sein Lächeln verschwand, er nahm das Telefon vom Ohr und starrte einen Moment darauf. Dann steckte er es zurück in seine Hemdtasche und ging den beiden Schlägern zur Tür voraus. Bevor er ging, drehte er sich noch einmal zu Mason um und sagte: „Ich mag deine Einstellung, Kleiner."

Mason hoffte nur, dass Sara das genauso sah. Würde sie den Hinweis, Bill zu kontaktieren, überhaupt verstehen? Er hatte das „Schlampe" eingeworfen, damit sie aufhorchen würde. Das passte so gar nicht zu ihm – es war ihm schon schwergefallen, das Wort nur auszusprechen. Hoffentlich hatte sie ihn gut genug eingeschätzt, um das zu wissen.

Denn wenn nicht... sein Leben...

Mason setzte sich auf die Matratze und vergrub erneut sein Gesicht in den Händen. Aber er würde nicht weinen. Er würde nicht.

8

Masons ehemaliger Mitbewohner Bill wollte diesen nächsten Anruf wirklich nicht entgegennehmen. Masons Mutter hatte gerade erst mit ihm telefoniert. Sie wollte ihn wissen lassen, dass diese Frau, die anrufen würde, versuchte, Mason zu helfen. Dass diese Sara Flores mit Bill sprechen wollte, um Mason zu helfen.

Aber Bill wollte damit nichts zu tun haben. Er war nicht mutig. Diese zwei Typen mit den Waffen hatten ihm einen riesigen Schrecken eingejagt. Er wollte sie nie wieder sehen.

Er sah sich im Zimmer um. Er hatte nicht einmal mehr eine eigene Wohnung. Er schlief auf Jaimes klumpigem Sofa und der miese, wackelige Esstisch war sein Computertisch. Er hatte keine Privatsphäre. Er vermisste sein Zimmer. Er wollte keine Angst haben.

Aber als das Telefon klingelte, ging er ran.

„Danke, dass du rangegangen bist", sagte eine Frauenstimme. Als ob sie wüsste, dass er darüber nachgedacht hatte, nicht ranzugehen.

„Mason wurde von ein paar Männern entführt, die wütend über einen Hack von ihm waren."

Bill schnappte nach Luft.

„Ich werde ihn zurückholen. Aber mit deiner Hilfe könnte ich es viel schneller schaffen."

Bill schüttelte den Kopf. „Die beiden Typen haben mich bedroht. Meine Familie bedroht. Meine Mutter. Ich will mit denen nichts zu tun haben."

„Sie werden dich nie wieder bedrohen. Oder irgendjemand anderen."

„Das kannst du nicht wissen!"

„Doch, das kann ich."

Bill verstummte. Das konnte sie nicht wissen! Nicht, es sei denn, sie wären tot. Und sie wusste, dass sie tot waren. Und es gab nur eine Möglichkeit, wie sie das wissen konnte ...

„Wirklich?", fragte er.

„Wirklich."

Wow, dachte er. *Einfach nur wow.*

„Aber", sagte er, „ich wüsste nicht, wie ich helfen könnte."

„Mason konnte es mir in der kurzen Zeit, in der wir miteinander sprechen konnten, nicht sagen. Aber ich glaube, er wollte, dass ich mit dir spreche. Ich sage dir, was ich vermute, und du sagst mir, ob ich falschliege."

„Okay."

„Du hast seinen Laptop und sein Handy mitgenommen. Es würde mich sehr wundern, wenn sein Laptop und er sich nicht im selben Gebäude befänden. Hast du eine Möglichkeit, auf seinen Laptop zuzugreifen, um seinen Standort herauszufinden?"

„Oh ...", sagte Bill. „Ja. Das kann jeder."

„Besorgst du mir seinen Standort?"

Bill holte tief Luft. „Ja."

„Sichere dich dabei gut ab", sagte sie. „Mason hat seinen Standort nur ein paar Mal umgeleitet – deswegen wurde er erwischt. Sei vorsichtiger als er. Und hol dir nur den Standort und verschwinde dann wieder. Ruf mich unter der Nummer an, von der aus ich dich gerade anrufe. Sobald du ihn hast."

9

ara legte das Telefon beiseite und zog ihre restliche
Ausrüstung an. Sie erhaschte einen Blick auf sich im Spiegel
und – trotz ihrer Ängste – musste sie lächeln. Sie sah so
knallhart aus. Zunächst einmal war sie ganz in Schwarz gekleidet.
Komisch, wie das eine Frau härter aussehen ließ.

Sie trug ihr Spyderco-Messer in einem Beinholster. Sie hatte zwei
Waffen – eine Ruger LC9 und eine Colt 1911 –, die nicht
zurückverfolgt werden konnten. Sie hatte sie zwei üblen Typen
abgenommen, die sie nicht mehr brauchen würden. Die eine trug sie
in einem Hüftholster – einem elastischen Band, das um ihre Hüften
lag – und die andere in einem Korsettholster direkt unterhalb ihres
BHs. Beide trug sie vorne. Sie musste nur ein etwas längeres, vorne
locker fallendes Oberteil tragen, und schon sah sie unbewaffnet aus.

Zugegeben, es würde mehr Spaß machen, sich einfach in ihren
Wolf zu verwandeln und Leute zu beißen. Aber die DNA war so
verdammt lästig – sie brauchte Alternativen. Waffen funktionierten.
Messer funktionierten. Besonders, wenn sie Zähne hatte, um sie zu
unterstützen.

Sie überprüfte beide Waffen noch einmal. Legte zwei zusätzliche
Magazine in die Taschen des Korsettholsters. Packte einen zweiten

Satz Kleidung zusammen und legte ihn ebenfalls in die Tasche, nur für den Fall.

Ihr Telefon klingelte.

„Hab ihn", sagte Bill zu ihr. „Der Computer ist in Tulsa, Oklahoma, in irgendeinem Gebäude in der East 4th Street." Er gab ihr die Hausnummer.

„Außerdem ...", fügte er hinzu, „habe ich alles vom letzten Monat von seinem Computer heruntergeladen. Falls sie versuchen, seine Arbeit verschwinden zu lassen."

Sie atmete besorgt aus. Aber er klang so stolz auf sich.

„Speichere es an mehreren Orten", sagte sie zu ihm. „Und poste es in diesen privaten Google Workspace." Sie gab ihm den Zugangscode.

„Und, Bill – ich glaube, du bist viel mutiger, als du denkst."

10

Sara sah auf ihre Uhr. Es war 20:15 Uhr in Tulsa. Stacey erwartete ihre Ankunft aus Pennsylvania erst kurz vor Mitternacht. Sie hatte Zeit, die Sache richtig anzugehen.

Die Kartenfunktion auf ihrem Mac lieferte ihr die ersten Ansätze für einen Plan. Die Adresse, die Bill ihr gegeben hatte, gehörte zu einem Gebäude, das wie ein kleines Lagerhaus aussah. Zwei Stockwerke auf einem Eckgrundstück – umgeben von Parkplätzen. Auf einer Seite gegenüber befand sich ein riesiger städtischer Parkplatz – vielleicht fünfzehnmal so groß wie das Gebäude. Wahrscheinlich war er bis nach 17:00 Uhr mit Autos vollgepackt und danach größtenteils leer. Das Gebäude hatte einen eigenen Parkplatz und einen weiteren dahinter, der zu einer Bar und einem fabrikähnlichen Gebäude gehörte. Diesen Ort zu beobachten, ohne aufzufallen, wäre ziemlich einfach.

Es war nicht das offizielle Büro von Bob Stacey. Dieses befand sich in einem Hochhaus in der Innenstadt. Das Gebäude war in den Telefonverzeichnissen als DXC Exporting eingetragen. Eine Suche nach einem solchen Unternehmen ergab jedoch nichts weiter als einen Telefoneintrag. Keine Website. Keine Werbung dafür. Wahrscheinlich erhielten sie auf diese Nummer überhaupt keine Anrufe, außer gelegentlich von einem Versicherungsvertreter. Ein

Anruf zu dieser Zeit würde also die Alarmglocken schrillen lassen, was sie vermeiden wollte.

Es war dunkel, als sie um 20:30 Uhr auf den Parkplatz hinter der Bar fuhr, etwa 200 Meter vom Gebäude entfernt. Dieser Parkplatz gefiel ihr, weil die ganze Nacht über neue Autos kommen und gehen würden. Und er bot ihr einen direkten Blick auf den Parkplatz des Gebäudes, das sie im Auge hatte. Sie würde jeden sehen, der es mit dem Auto verließ.

Sara musste wissen, ob das Gebäude durch Kameras geschützt war. Sie holte ihre selbst gebaute Infrarot-Detektor-Brille heraus. (Im Internet findet man Anleitungen, um fast alles herzustellen!) Sie sah ziemlich bescheuert aus, denn man beginnt mit einer billigen Schweißerbrille und ersetzt dann die Gläser durch blaue und rote Farbfolien für Bühnenbeleuchtung. Die Brille zeigte ihr, dass an der Vordertür mindestens eine Kamera mit Infrarotstrahler in Betrieb war.

Sie musste auch sehen, wer sich im Gebäude aufhielt. Sie wusste, dass hochentwickelte Wärmebildgeräte – die sich bewegende Personen im Inneren zeigten – für SWAT-Teams erhältlich waren. Leider wurden sie nicht an Zivilisten verkauft. Sie hatte sich jedoch ein FLIR-Scout-Wärmebildmonokular besorgt – mit dem sie zumindest heißere im Vergleich zu kälteren Bereichen sehen konnte.

Sara seufzte. Sie wünschte sich wirklich jemanden, der sie beraten könnte, was genau erhältlich war und wie man darankam. Das Problem war, dass gewöhnliche Privatdetektive das meiste von dem, was sie wissen wollte, nicht wussten. Was sie brauchte, war eine Kombination aus der Ausbildung bei Spezialeinheiten und der Homeland Security.

Ja, als ob das passieren würde.

Sie startete den Wagen wieder und fuhr zu dem Parkplatz auf der Rückseite des Gebäudes. Dort benutzte sie erneut die selbst gebaute IR-Brille und fand Kameras, die die Hintertür sicherten. Das Wärmebildmonokular zeigte ihr zwei Hitzepunkte auf der Rückseite.

An der Seite des Gebäudes fand sie einen Weg hinein – etwas, das wie ein Badezimmerfenster mit undurchsichtigem Ornamentglas aussah. Es gab kein IR-Licht darum herum, aber dort war eine starke

Hitzesignatur. Jemand, der die Toilette benutzte? Der dann vielleicht gehen würde? Ja, nach drei Minuten sank die Wärme in dem Bereich. Komisch, dass durch das Fenster kein sichtbares Licht im Raum zu sehen gewesen war.

Ihre Uhr zeigte 20:45 Uhr, es war Zeit anzufangen. Stacey könnte seine Schläger im Haus haben, bereit zum Einsatz, drei Stunden bevor sie erwartet wurde. Das wäre gegen 21:30 Uhr.

Sara fuhr den Wagen zurück zum Parkplatz der Bar. Sie schwang ihre studentische Büchertasche über eine Schulter. Sie sah im Vergleich zu einem Seesack sehr unschuldig aus. Ihre Brille, das Monokular und Wechselkleidung passten problemlos hinein – für einen Werwolf (!) von entscheidender Bedeutung. Sie hatte Panzerband in einer leicht zu öffnenden Reißverschlusstasche und einen Stahlkörner in ihrer Jeanstasche. Ihre Waffen waren alle an ihrem Körper versteckt. Sie zog ihre schwarzen Lederhandschuhe an.

Nachdem sie sich vergewissert hatte, dass niemand zu sehen war, schlenderte sie zur Hintertür der Bar und drückte sich dann an die Wand – dorthin, wo es keine Sichtlinie zu Staceys Gebäude gab. Sie ging um die Bar herum und auf die Straße. Sie zog die Schultern ein und ging wie eine Studentin, die in einer zwielichtigen Gegend nach Hause kommt. Schnell. Den Kopf gesenkt, außer für kurze, nervöse Blicke auf ihre Umgebung. Es war niemand auf der Straße, also galt ihre Körpersprache jedem, der aus einem Gebäude zusah.

Sie bog in die Straße mit dem Badezimmer ab. Eine schnelle Überprüfung mit ihrer Brille ergab erneut, dass sich keine IR-Strahler in der Gegend befanden. Ihr Monokular zeigte keine Wärmemasse in der Nähe des Badezimmerfensters. Sie presste sich an die Wand und das Fenster.

Das breiteste Panzerband, das Sara finden konnte, war 7,5 cm breit, sodass sie die untere Glasscheibe schnell vollständig damit abdecken konnte. Sie drückte es fest an, damit es gut klebte. Dann setzte sie ihren Körner an der unteren rechten Ecke an. Das Glas würde sehr leise brechen. Die Gefahr bestand darin, dass das Panzerband nicht alle Scherben festhalten würde und einige davon in den Raum fielen.

Sie hielt den Atem an und drückte den Auslöser des Körners. Es war kein Geräusch von fallendem Glas zu hören.

Sara atmete aus. Dann steckte sie ein kleines Brecheisen in das Loch und zog das mit Panzerband beklebte Glas zu sich heran. Das meiste davon kam sofort heraus und sie legte es auf den Boden. Sie benutzte ihre Handschuhe, um die restlichen Stücke herauszuziehen und sie auf den Haufen zu legen.

Mit einem letzten Blick um sich herum hievte sie sich auf den Fenstersims und kletterte hinein.

11

Die Badezimmertür war geschlossen und nur ein schwacher Lichtschein drang unter ihr hervor. Sie legte ihr Ohr an die Tür und lauschte. Sie wartete, bis sie sicher war, dass mindestens zehn Minuten vergangen waren. Sie hörte nichts.

Sie drückte ihren Körper an die Wand neben dem Türknauf. Sie umfasste den Knauf, drückte die Tür gegen den Türstock und drehte den Knauf dann langsam. Falls jemand auf der anderen Seite stand und bereit war, die Tür aufzustoßen, würde diese sie verfehlen.

Aber alles war still.

Während sie den Knauf weiterhin aufgedreht hielt, zog sie die Tür gerade so weit auf, dass sie einen Blick nach draußen werfen konnte. Rechts von ihr befand sich ein kleiner offener Bereich, gefolgt von einem Korridor mit Bürotüren auf beiden Seiten. In der Ferne endete der Korridor in einem großen, offenen Bereich. Sie konnte dort draußen eine Art Arbeitsplätze erkennen. Werkzeuge, einige hingen an Haken über den Tischen. Alles war in ein sehr gedämpftes Licht getaucht – das von einer Lichtquelle reflektiert wurde, die sie nicht sehen konnte.

Keine Geräusche.

Vorsichtig trat sie aus dem Badezimmer und schloss die Tür

langsam hinter sich. Sie wollte nicht, dass die Tür durch einen Windstoß aus dem offenen Fenster zuschlug.

Der offene Bereich rechts entpuppte sich als Personalküche. Ein Kühlschrank. Eine Spüle. Ein Tisch und vier Stühle. Alles sah schmuddelig aus. Es war nicht der geringste Versuch unternommen worden, den Bereich zu verschönern.

Zu ihrer Linken befanden sich zwei geschlossene Bürotüren und eine zu ihrer Rechten.

Sie versuchte es mit der ersten Tür links. Sie war nicht verschlossen. Darin stand ein einfacher Metallschreibtisch, auf dem nichts lag. Vor dem Schreibtisch befand sich ein billiger Metallstuhl und dahinter ein rollbarer Stuhl aus Kunstleder. Keine Aktenschränke oder Anrichten. Es sah unbenutzt aus.

Sie ging zu den beiden anderen Türen. Beide waren ebenfalls unverschlossen. Diese beiden Büros sahen so aus, als ob tatsächlich jemand darin arbeitete, aber auch sie waren menschenleer. Vor allem fehlte von Mason jede Spur.

Damit blieb nur noch der große, offene Arbeitsbereich vor ihr. Leise bewegte sie sich an der Wand entlang zu der Stelle, von der aus der ganze Raum sichtbar werden würde. Zu ihrer Linken kam die Lichtquelle. Sie beleuchtete eine kleine Sitzecke mit einem Sofa, ein paar Stühlen und einem Couchtisch. Sie beleuchtete auch Bob Stacey, der entspannt auf dem Sofa saß und in einer Zeitung las.

Die Pose war für sie ein Schlag ins Gesicht. Genauso wie sein spöttisches Grinsen. Das einzige Anzeichen dafür, dass er sie auch nur im Geringsten ernst nahm, war, dass seine schicken Cowboystiefel beide auf dem Boden standen. Nicht auf dem Couchtisch. Die Beine nicht übereinandergeschlagen.

„Sara, nehme ich an?", fragte er. „Du hast wahrscheinlich das hier gesucht?" Er nickte zu einem Laptop, der auf dem Couchtisch lag.

Okay, dachte sie. *Vielleicht tauge ich für diesen Detektivkram einfach nichts. Vielleicht übertrumpfen seine zwanzig Jahre Erfahrung das, was ich im letzten Jahr lernen konnte. Aber Mason kann er trotzdem nicht haben.*

„Wo ist Mason?"

„In Sicherheit. Willst du ihn? Ich bringe dich zu ihm." Bob stand auf und mit ihm eine Waffe in seiner Hand, die wie eine Sig Sauer aussah. Sie musste direkt neben ihm auf der Couch gelegen haben. Nur sah sie ein bisschen zu klobig aus. Es war wahrscheinlich eine Glock.

Konzentrier dich, sagte sie sich.

„Okay", sagte sie.

Bobs Mund bewegte sich, als ob er sprach, aber sie hörte nichts, bis sich eine Tür hinter dem großen Raum öffnete und zwei Handlanger herauskamen – ihre Waffen ebenfalls auf sie gerichtet.

„Alle nur für mich?", fragte Sara.

„Das ist die Frau, die Hans und Sam ausgeschaltet hat", sagte Bob zu ihnen. „Ich vertraue darauf, dass ihr nicht so dumm sein werdet wie die beiden."

Die beiden Männer musterten sie mit zusammengekniffenen Augen. Der Ältere der beiden sah aus, als wollte er sie am liebsten sofort erschießen. Vielleicht war er ein Freund von einem der beiden toten Männer. Der Jüngere sah ein wenig ungläubig aus. Er konnte nicht wirklich glauben, dass sie gefährlich war – obwohl er für den Boss so tat, als ob. Sie merkte sich diese Beobachtung.

Stacey deutete zur Tür. Als sie an ihm vorbeiging, spürte sie einen Stich im Nacken.

„Oh, verdammt", sagte sie, als sie zu Boden sackte.

12

Sara wachte auf, als Mason sie an den Schultern rüttelte. Sie lag auf einer Matratze, die so aussah (und roch), als beherbergte sie Flöhe, Bettwanzen und alle möglichen Körperflüssigkeiten, an die sie gar nicht denken wollte.

Sie versuchte schnell aufzustehen, aber ihre Beine gaben nach. Mason packte sie am Arm, um sie zu stützen. Sie ging zu einer der beiden Metallwände und lehnte sich dagegen, bis ihr Kopf wieder klar wurde.

„Geht es dir gut?", fragte sie.

„Ja. Und dir?"

„Mir geht es bestens. Ich habe dich gefunden, oder etwa nicht?"

Mason klappte die Kinnlade herunter. Bevor er protestieren konnte, sagte Sara: „Zugegeben, das ist nicht die heldenhafte Rettung, die ich mir ausgemalt hatte."

Mason wollte gerade antworten, aber sie schüttelte den Kopf und blickte absichtlich zur Decke und zu den oberen Rändern der vier Wände.

Sara tastete sich ab, war aber nicht überrascht, als sie feststellte, dass alles fehlte. Ihr Messer. Ihre beiden Pistolen. Sie hatten ihr sogar den Schlagring aus Keramik genommen, den sie in ihrem rechten Stiefel trug.

Sie ging im Raum umher und sah sich alles genau an. Sie berührte die Betonblöcke der beiden Wände und versuchte, an den Metallwänden zu rütteln. Sie bemerkte kleine Spalten, wo die Metallwände am Beton befestigt waren. Wenigstens war der Raum nicht luftdicht.

„Haben sie dich mehr als nur diesen Raum sehen lassen?"

Mason schüttelte den Kopf.

Es klopfte an der Tür. Sie öffnete sich und der ältere Schläger mit der Pistole kam herein und starrte sie wütend an. Sara musterte sein Gesicht, aber es ähnelte keinem der beiden Männer, die sie in Pennsylvania getötet hatte. Er war nicht blutsverwandt.

Stacey folgte ihm herein und richtete ebenfalls eine Pistole auf sie.

„Stört es Sie, wenn wir hereinkommen?", fragte er grinsend. „Ich glaube, es ist an der Zeit, dass wir uns unterhalten."

Er trat von der Tür zur Seite und der jüngere Schläger kam mit zwei armlehnenlosen Metallstühlen zu ihnen. Sie sahen aus wie die billigen Stühle, die sie im Pausenraum des Lagerhauses gesehen hatte. Sie und Mason waren wahrscheinlich im Keller desselben Gebäudes. Schlau. Kein Grund, das Risiko einzugehen, sie zu verlegen.

Stacey deutete in ihre Richtung auf einen der Stühle.

„Bitte, nehmen Sie Platz."

Sie rührte sich nicht und überlegte. Sie würden sie fesseln. Sollte sie jetzt etwas unternehmen? Aber nein – bei drei auf sie gerichteten Pistolen war das Risiko für Mason zu groß.

„Ich bestehe darauf", sagte Bob und richtete seine Waffe auf Mason. Die Waffen der beiden angeheuerten Helfer waren auf sie gerichtet.

Sie setzte sich.

Es überraschte sie nicht, als der ältere Kerl zwei Handschellen aus seiner Jacke zog. Er legte eine um ihr rechtes Handgelenk und schlug ihren Arm gegen die Metallstrebe des Stuhls direkt hinter ihr. Dann befestigte er das andere Ende der Handschelle an der Strebe. Er packte ihr linkes Handgelenk, schloss es in die zweite Handschelle ein und befestigte diese dann gewaltsam an der linken Strebe ihrer Stuhllehne.

Die gute Nachricht war, dass ihre Arme ein wenig Spielraum hatten – sie waren nicht ganz nach hinten aneinandergestreckt. Das war im Vergleich zur schlechten Nachricht nicht viel Gutes. Ihre Handgelenke waren aus Stahl an einen Metallstuhl gefesselt.

Mason wurde angewiesen, sich auf den anderen Stuhl zu setzen, doch seine Hände wurden nicht gefesselt. Seine Waden bis zu den Knien wurden mit einem Seil an den beiden vorderen Beinen seines Stuhls festgebunden.

Der jüngere Kerl ging hinaus und kam dann mit einem kleinen Tisch in den Raum zurück. Und Masons Laptop. Er wurde so platziert, dass Mason ihn nicht erreichen konnte.

Stacey sah Mason an und sagte: „Du hast eine sehr gute Verschlüsselung auf diesem Laptop. Es würde Zeit und Mühe kosten, die ich nicht aufwenden will, um da reinzukommen. Und warum sollte ich mich darum kümmern? Wenn ich dich hier habe, um es für mich zu tun."

„Werde ich nicht", sagte Mason – aber seine Stimme zitterte.

„Doch, das wirst du", sagte Stacey. „Denn wenn du es tust, könnt ihr beide nach Hause gehen und diese Unannehmlichkeiten vergessen, als wären sie nie passiert."

„Wenn nicht ... na ja ... dann müssen wir eben gewisse Dinge tun. Mit euch beiden. Schmerzhafte, hässliche, sehr unangenehme Dinge."

Stacey schüttelte den Kopf in gespieltem Entsetzen über solche Dinge. Dann zog er ein großes, fies aussehendes Messer heraus. Saras Messer. Er blickte sie an, als sie es erkannte, und lächelte.

„Wisst ihr eigentlich, wie viele Schnitte man mit einem Messer machen kann, bevor man jemanden tötet? Bevor er einen anfleht, ihn zu töten?"

„Ich habe kein Vergnügen an so etwas. Aber Jimmy hier", er nickte dem älteren Mann zu, „dem gefällt das ganz gut. Ich habe gesehen, wie er sowohl Männer als auch Frauen auf eine Weise zugerichtet hat, dass ... na ja ... ich manchmal einfach für eine Weile den Raum verlassen muss, damit ich mich nicht übergebe."

Er starrte Mason in die Augen. „Du willst wirklich nicht, dass ich ihn an dir arbeiten lasse."

Sara sagte: „Tu, was er will, Mason. Damit wir von hier wegkommen."

Sie wusste, dass Mason klug genug war, die Lüge zu durchschauen, dass Stacey sie jemals lebend gehen lassen würde. Aber sie hoffte, dass er es sich selbst vormachen würde – um ihm zu helfen, die nächsten Minuten zu überstehen.

Stacey reichte dem älteren Kerl das Messer und ging dann zu dem Tisch mit dem Laptop.

„Wenn du irgendetwas tust, um diesen Computer lahmzulegen …", Stacey tätschelte ihn. „Ich glaube, dann lasse ich Jimmy hier zuerst deinen Schwanz abschneiden. Er kann ein Brandeisen für das benutzen, was übrig ist. Um es zu kauterisieren, damit du nicht verblutest. Und dann kann er richtig Spaß mit dir haben."

Masons Gesicht verlor jegliche Farbe. Er sah zu Sara.

„Schon gut", nickte sie. „Mach ihn für ihn auf."

Mason nickte. Stacey schob den Tisch zu ihm, sodass Mason den Laptop erreichen und sich einloggen konnte.

„Also", sagte Sara zu Bob Stacey. „Das alles für einen bloßen Senator? Whitmere kann das unmöglich wert sein."

Stacey lächelte. Sara lernte, sein Lächeln zu hassen. „Er wird es wert sein, wenn er der nächste Gouverneur ist. Sie können sich gar nicht vorstellen, was der Gouverneur von Oklahoma für eine Ölfirma tun kann."

„Ja, aber was ist, wenn er es nicht schafft?"

Stacey zuckte mit den Schultern. „Das sind die Risiken."

Sara beobachtete ihn. Und verstand. „Wie viele andere potenzielle Gouverneure haben Sie hier in der Tasche?"

Stacey starrte sie nur an. Sie konnte ihren geplanten Tod in seinen Augen sehen. Er sagte: „Alle, die wir brauchen."

Sara schauderte.

Mason schob den Laptop von sich. „Er ist offen", sagte er.

Stacey wandte sich ihm zu und sagte: „Jetzt zeig mir, was du ausgegraben hast."

13

Sara machte sich bereit. Drei Männer mit Waffen. Sie war mit Handschellen an einen Metallstuhl gefesselt. Sie würde verletzt werden. Schlimm.

Aber sie hatte nur zwei Möglichkeiten. Entweder jetzt höllische Schmerzen oder in ein paar Minuten der Tod. Sie wusste, wofür sie sich entscheiden würde. Wenn der verdammte Stuhl doch nur aus Holz gewesen wäre!

Der junge Schläger war etwa einen Meter entfernt – die Waffe in der Hand, die an seiner rechten Seite herabhing. Er sah keine Bedrohung im Raum.

Stacey schaute etwa anderthalb Meter entfernt über Masons Schulter. Er hielt eine Waffe in der Hand, wobei seine Hand auf Masons Stuhllehne lag.

Der ältere Schläger – Jimmy – hatte seine Waffe ins Holster gesteckt, um mit Saras großem Messer zu spielen. Er rieb mit dem Daumen über die Klinge und starrte Sara dabei an. Er war ungefähr zweieinhalb Meter entfernt. Hoffentlich konnte er nicht gut Messer werfen.

Mit fest aufgestellten Füßen beugte sich Sara nach vorne und hievte den Stuhl auf ihren Rücken. Sie machte einen Schritt auf den jüngeren Kerl zu, drehte sich dann um 180 Grad und rammte ihm mit aller Werwolfstärke, die sie aufbringen konnte, den Metallstuhl direkt gegen den Kopf.

Der Kerl fiel um wie ein Stein und ließ die Waffe fallen. Sie hatte gespürt, wie die rechte, vordere Sprosse der Stuhllehne bei dem Schlag etwas nachgegeben hatte. Also warf sie sich mit ihren ganzen 60 Kilo und ihrer übermenschlichen Kraft auf diese Sprosse auf dem Betonboden. Genau dorthin, wo die fallengelassene Waffe lag.

Die Sprosse knackte weiter und sie riss mit aller Kraft daran. Sie spähte kurz auf, schob dann die Handschelle zu dem Riss hinunter und zog ihren rechten Arm frei. Zuerst griff sie nach der Waffe, dann blickte sie auf.

Zu viel Zeit war vergangen!

Stacey und Jimmy sahen sie beide an. Jimmy hatte das Messer in die linke Hand gewechselt und fummelte an seiner Waffe.

Stacey hatte seine Waffe bereits auf sie gerichtet. Er feuerte.

Verdammt! Verdammt! Verdammt, das tat weh! Ein brennender Schmerz in ihrem Bauch. Ein Volltreffer in den Rumpf. Ihre Sicht verschwamm, wurde orange und rot und versuchte, alles andere auszublenden. Aber das durfte sie nicht zulassen.

Es kann mich nicht töten ... Es kann mich nicht töten ... Es kann mich nicht töten ... Sie wiederholte es wie ein Mantra, um konzentriert zu bleiben.

Ein weiterer Schuss traf sie in die rechte Schulter. Stacey schien entschlossen, sein Magazin auf sie zu entleeren.

Sein dritter Schuss ging daneben – weil Mason aufgestanden war und Stacey den Laptop auf den Kopf geschlagen hatte.

Das war der letzte Schuss, den Stacey abfeuerte, denn Sara jagte ihm zwei Kugeln in den Kopf.

Zu spät schwenkte sie zu dem älteren Schläger. Er hatte eine 9-mm-Pistole direkt auf Masons Brust gerichtet.

Er feuerte.

„Neiiin!", schrie Sara und feuerte zwei Schüsse auf den Mann ab.

Entsetzt wandte sie sich Mason zu. Er stand noch. Er hielt seinen Laptop vor die Brust. Und sah dabei sehr, sehr seltsam aus.

Mit weit aufgerissenen Augen drehte Mason die Rückseite seines

Laptops, sodass sie sie sehen konnte. Darin war ein hässliches Einschussloch.

Er drehte ihn wieder nach vorne. Kein Austrittsloch.

Sara konnte es nicht fassen. „Geht es dir gut?"

Mason konnte es ebenfalls nicht fassen. Seine Knie gaben nach und er ließ sich zurück auf den Stuhl fallen. Er nickte langsam. Sara tastete seine Brust ab. Nichts. Er war unverletzt. Sie hob ihr Messer auf und gab es Mason, damit er die Seile durchtrennen konnte, die immer noch um seine Waden gebunden waren.

Dann spürte Sara wieder ihren eigenen Schmerz. Schlimmer als zuvor. Sie schrie auf.

Mason sah sie entsetzt an.

„Wir müssen einen Krankenwagen für dich rufen!"

14

_____

„Nein!", knirschte sie mit den Zähnen. „Setz dich *sofort* da drüben in die Ecke des Raumes. Und tu *nichts*. Uns beiden wird nichts passieren."

Mason blickte skeptisch.

„Versprich es mir!", knurrte sie.

Er sah sie verständnislos an.

Sie verlor die Beherrschung. „JETZT!", zischte sie und stieß ihn heftig in die hinterste Ecke.

Sie taumelte zur Tür und dann hinaus. Ein noch heftigerer Schmerz durchzuckte sie. Ihre Wirbelsäule verformte sich. Ihre Knie beugten sich nach hinten. Sie konnte die Tür nicht schließen – nicht mit Pfoten. Sie fiel auf den Boden und flehte, die Verwandlung möge doch schneller gehen. „Bitte, Gott, sei auch nur ein paar Sekunden schneller."

Aber das tat sie nie. Sie dauerte die vollen sechzig Sekunden, die sie immer dauerte.

Und da die Verwandlung sie stets heilte, fühlte sie sich mehr als nur ein bisschen undankbar, darüber zu meckern, wie lange sie dauerte.

Als sie wieder atmen konnte, blickte sie auf.

Mason stand in der Tür. Und sah sie an. Einen knapp sechzig Kilo schweren, rötlich-grauen Wolf.

„Oh, Mist", dachte sie.

Mason hatte den komischsten Gesichtsausdruck. Gesichtsausdrücke. Denn er durchlief die Phasen von schockiert, ehrfürchtig, verängstigt und einem Ausdruck, der besagte, dass er befürchtete, zu halluzinieren.

Dann trat er auf sie zu. Um Himmels willen, er sah aus, als wollte er sie „streicheln"!

Sie rümpfte die Schnauze und fletschte ihre sehr, sehr großen Zähne.

„Ich bin kein verdammter Hund", wollte sie ihn anschreien.

Mason hob kapitulierend die Hände und trat einen Schritt zurück. Es gelang ihm, das Lächeln zu unterdrücken, das sich auf seine Lippen schleichen wollte. Zu seinem Glück.

Sara versuchte, sich zu konzentrieren. Sie mussten hier raus. Was bedeutete, dass sie sich zurückverwandeln musste. Und zwar sofort.

Sara legte ihren Kopf auf den Boden und bedeckte ihn mit den Vorderpfoten. Konnte es noch peinlicher werden? Sie würde Fleisch essen müssen, um sich zurückzuverwandeln.

Sie spürte, wie Mason sich wieder näherte, um nach ihr zu sehen. Sie knurrte – so tief und bedrohlich, wie sie nur konnte. Die Bewegung hörte auf.

Die einzigen beiden Dinge, die sie am Werwolfdasein verabscheute, waren der Schmerz bei der Verwandlung und die Notwendigkeit, Fleisch zu essen, um sich zurückzuverwandeln. Wenn ein paar rohe Steaks in der Nähe waren – super. Aber zu oft war das einzige verfügbare Fleisch menschliche Körper, die immer dann reichlich auf dem Boden zu liegen schienen, wenn sie eine schnelle Rückverwandlung brauchte.

Es war schon schlimm genug, es tun zu müssen. Den Geschmack im Mund zu haben – halb ekelhaft und halb köstlich. Es wäre noch viel schlimmer, wenn ihr jemand dabei zusah.

Aber ... vielleicht ...

Sara sprang auf die Pfoten und sah sich um. Auf dem Boden lagen ihre zerrissenen Kleider und zwei leere Handschellen. Sie befand sich in etwas, das wie ein billiger Aufenthaltsraum mit Betonboden aussah. Zwei verblichene, abgenutzte Sofas, ein Kartentisch mit Stühlen und ein ramponierter Billardtisch. Ein fadenscheiniger Teppich. Es gab zwei Türen in der Nähe des Raumes, in dem sie gewesen waren – wahrscheinlich ähnliche Räume. Es gab eine weitere Tür auf der anderen Seite des Raumes.

Sara rannte quer durch den Raum zu der hinteren Tür, stellte sich auf die Hinterbeine und versuchte, den Knauf mit den Zähnen zu öffnen. Es funktionierte nicht.

Sie blickte zurück zu Mason und bellte ihn scharf an. Dann blickte sie wieder zur Tür.

Sie wich zurück, als er näher kam. Der Arsch würde sie „nicht" streicheln. Nicht, wenn er am Leben bleiben wollte.

Mason öffnete die Tür, die zu einer Treppe führte. Sie rannte die Stufen hinauf und einen Korridor entlang und fand sich wieder in dem offenen Raum mit den Arbeitstischen wieder, in dem sie zuvor gewesen war. Sie rannte zum Küchenbereich, packte den Kühlschrankgriff mit den Zähnen und riss ihn auf.

Sie sah nur Getränke! Sie hob eine Pfote und öffnete das Gefrierfach. Hamburger-Pattys! Roh!

Sie schob sie mit der Pfote auf den Boden und stürzte sich dann auf die Mahlzeit. Sie aß Pattys und Papiertrennblätter – alles. Es war sehr kalt, aber ihren Zähnen nicht gewachsen.

Und dann war der Schmerz wieder da. Verdammt! Verdammt! Verdammt noch mal!

Als sie – endlich! – wieder atmen konnte, bemerkte sie, dass Mason dastand. Und sie anstarrte. Dann wurde er tatsächlich rot und schaute weg.

Sara schlug ihren Kopf hart auf den Boden. Zweimal. Sie hatte nicht gedacht, dass der Tag noch schlimmer werden könnte – aber jetzt war es so weit. Nackt auf dem Boden vor einem Collegestudenten. Etwas, das man sich niemals, niemals wünscht. Außer – vielleicht – man war eine Collegestudentin.

„Gib mir dein Hemd, Mason."

Er knöpfte es auf und ließ es neben ihr fallen, ohne den Kopf wieder zu ihr zu drehen.

Halb bedeckt rannte sie zur Haustür und spähte hinaus. Dann rannte sie zu den Fenstern an der Hauptstraße. Wenn die Schüsse gehört worden wären, hätte die Polizei längst hier sein können. Aber draußen war alles ruhig.

Wenigstens eine Sache lief nach Plan.

„Durchsuche dieses Stockwerk, aber schnell", sagte sie zu Mason. „Du suchst einen schwarzen Studentenrucksack. Und alle Handfeuerwaffen und Holster. Ich durchsuche das untere Stockwerk."

Unten holte Sara ihr Messer und Masons kugelsicheren Laptop. Sie legte die Waffe, die sie benutzt hatte, neben die Leiche des jüngeren Schlägers. Überall würde es DNA von ihr und Mason geben. Also schnappte sie sich ein paar Papiere und ein Feuerzeug von dem älteren Typen – Jimmy.

Sie zündete die Matratze in dem Raum an, in dem der Mord stattgefunden hatte. Dann zog sie zwei Sessel aus dem Aufenthaltsraum dorthin, wo sie sich verwandelt hatte, und zündete auch sie an.

Mason hatte ihren Rucksack und ihre beiden Waffen gefunden. Ihre Holster fehlten. Sie zog ihre Ersatzkleidung aus dem Rucksack an und Mason bekam sein Hemd zurück. Dann schlüpften sie aus der Tür und gingen zu ihrem Auto. Als sie zehn Minuten entfernt waren, rief Sara die Feuerwehr an.

15

Sie redeten nicht im Auto. Anstatt Mason in ein Flugzeug zurück nach Pennsylvania zu setzen, fuhr Sara sie beide zu sich nach Hause. Sie mussten zuerst reden. Unter vier Augen.

Mason wollte natürlich alle Einzelheiten wissen. Sie redeten die restliche Nacht durch.

Sara erzählte ihm von Joe Chapman, dem Lupiti-Schamanen, der sie verwandelt hatte. Davon, wie sie versucht hatte, ihre Kräfte zu nutzen, um Menschen zu helfen, die es brauchten. Insbesondere Joes Leuten.

Mason versprach, es niemandem zu erzählen, aber Sara war skeptisch.

„Du hast versprochen, niemanden in das Hotelzimmer zu lassen."

„Ich weiß, aber ..."

„Lass mich dir sagen, was passiert, wenn du es jemandem erzählst. Erstens werden sie es sofort weiterplappern. Denn wenn du – dem ich gerade das Leben gerettet habe – schon nicht den Mund halten kannst, wie soll es dann jemand anderes können?

„Und „niemandem erzählen" schließt auch deinen Mitbewohner Bill mit ein. Obwohl du ihm großen Dank dafür schuldest, dass er den Standort deines Computers ausfindig gemacht hat.

„Wie auch immer, wenn du mit jemandem sprichst, wird eines von drei Dingen passieren:

„Erstens – jemand wird mich holen, und ich werde bei dem Versuch, zu entkommen, sterben. Denn sie werden mit Silberkugeln kommen.

„Zweitens – ich sterbe nicht und lande stattdessen eingesperrt in irgendeinem Labor."

„Drittens – ich entkomme und niemand wird mich jemals wiedersehen. Ich habe bereits zwei Orte geplant, an die ich gehen kann, falls es nötig sein sollte. Wo ich niemals gefunden werde."

„Ich schwöre", sagte Mason. „Ich werde es niemals jemandem erzählen. Aber ich will mitmachen. Ich will dir helfen. Du könntest jemanden mit Computerkenntnissen gebrauchen."

„Mason, sei mir nicht böse, aber die ganze Sache hat damit angefangen, dass du beim Hacken erwischt wurdest. Das kann ich nicht gebrauchen."

„Ich wurde nur erwischt, weil ich herumgespielt habe. Es fühlte sich nicht echt an. Als ob es Konsequenzen haben könnte. Jetzt weiß ich es besser."

Sara sah ihn nur an.

„Ich weiß, dass ich da drin fast gestorben wäre. Ich werde *niemals* wieder zulassen, dass mich jemand findet. Ich verstehe das Risiko. Aber wir haben einen Kerl aufgehalten, der für Wählerstimmen gemordet hat. Er hätte damit weitergemacht. Wir haben etwas Gutes getan."

Sara schüttelte den Kopf.

Mason nahm ihre Hand. „Es ist wichtig. Ich will mitmachen – und du könntest mich gebrauchen."

Sara seufzte. Sie *könnte* tatsächlich gelegentlich jemanden mit Computerkenntnissen gebrauchen.

„Ich gebe dir ein Jahr, um deinen Abschluss zu machen. Und um besser zu werden. Du lernst alles, was du kannst – besonders, wie man völlig unsichtbar wird. Wir reden in einem Jahr wieder. Wenn du mir zeigen kannst, wie gut – und wie vorsichtig – du bist, dann werde ich in Betracht ziehen, dich einzusetzen. Wenn ich einen Computerguru brauche. Normalerweise brauche ich keinen."

„Ich kann das jetzt schon …“

Sara legte einen Finger auf Masons Lippen. „Das ist mein letztes Angebot.“

„Abgemacht.“

Mason ergriff ihre Hand und schüttelte sie. Um den Handel offiziell zu besiegeln. Etwas, aus dem sie später nicht mehr aussteigen konnte.

16

Zwei Morgen später ging Sara in ihr Gästezimmer und weckte Mason. Es war vier Uhr morgens und sie war wie ein Partygirl aufgemacht.

„Es ist erledigt", sagte sie zu ihm. „Schick den Datensatz an den Reporter."

An diesem Morgen stand es nicht in den gedruckten Zeitungen, aber *Tulsa World Online* hatte die Story um zehn Uhr.

GERALD FERNSBY, ein PR-Manager von Freestone Oil, wurde heute Morgen in seinem Schlafzimmer tot aufgefunden, gestorben an einem scheinbar selbst zugefügten Kopfschuss. In einem Brief neben seinem Bett bekannte er sich zum Mord an Loretta Sue Humphrey.

In dem Brief stand, er habe den Mord an Humphrey als Gefallen für den Senator von Stillwater, Chase Whitmere, in Auftrag gegeben. Er nannte auch den Fundort ihrer Leiche.

In dem Brief hieß es weiter, Bob Stacey, der Inhaber der Stacey Security Group, habe den eigentlichen Mord begangen. Stacey war zwei Nächte zuvor bei einer Schießerei, die in Brandstiftung endete, tot aufgefunden worden, was die Polizei noch untersucht.

WHITMERE WURDE von der Zeitung kontaktiert und stritt alles ab. Die Eltern von Loretta Sue wurden kontaktiert. Sie sagten, ihre Tochter habe sich mit einem verheirateten Mann getroffen. Sie habe ihren Eltern erzählt, der Mann würde sich von seiner Frau scheiden lassen und sie heiraten, weil sie schwanger sei.

Die Zeitung versprach, noch am selben Tag mehr zu berichten.

An diesem Nachmittag fuhr Sara am Terminal von American Airlines an den Bordstein. Mason griff nach dem Türgriff, aber Sara legte ihm eine Hand auf die Schulter.

„Sei vernünftig und vorsichtig", sagte sie. „Und du kannst es dir jederzeit anders überlegen."

„Werde ich nicht", sagte er lächelnd. „Wir sehen uns in einem Jahr."

„In einem Jahr", sagte sie und küsste ihn auf die Wange. „Und lass dich nicht erwischen!"

„Du auch nicht!", lachte Mason und stieg aus dem Auto.

Sara sah ihm zu, wie er sich durch die anderen Reisenden schlängelte und verschwand. Sie schüttelte den Kopf und grinste. Dann fuhr sie davon.

ENDE

KURZGESCHICHTE 6

EIN WERWOLF IM ZOO?

SUE DENVER

EIN WERWOLF
IM ZOO?

1

Ein Werwolf im Zoo?
Von Sue Denver

E s begann als etwas, das man tut, wenn man eine Pause
braucht und ein paar Stunden totschlagen muss. Aber
Stunden waren nicht das Einzige, was dabei draufging.

Es war ein heißer, heißer Anfang Juni und Sara Flores war mit
ihrem F-150-Truck bereits zwei Stunden auf der I-40 nach Osten
gefahren, nachdem sie Amarillo um acht Uhr morgens verlassen
hatte. Sie hatte noch weitere drei Stunden vor sich, bis sie ihr
Zuhause außerhalb von Tulsa, Oklahoma, erreichen würde.

Sie hatte in der Nacht zuvor eine Rettungsaktion in Amarillo
abgeschlossen, aber sie hatte kein gutes Gefühl dabei. Das Mädchen
– Janie – hatte Wochen in sexueller Sklaverei verbracht, bevor ihre
Eltern überhaupt merkten, dass es ein Problem gab. Und Sara hatte
obendrein noch eine weitere Woche gebraucht, um sie zu finden.

Janies Eltern hatten sie jetzt wieder. Aber ...

Sara schüttelte den Kopf. Sie bekam den Anblick des Mädchens
nicht aus dem Kopf. Solche Hoffnungslosigkeit – in ihren Augen und
in ihrer Körpersprache. Eine Hoffnungslosigkeit, so trostlos, dass sie

nicht einmal verschwand, als Sara sie aus diesem baufälligen Wohnwagen mitten im Nirgendwo befreit hatte.

Die einzige wirkliche Genugtuung, die Sara letzte Nacht verspürte, war, die Partnerin des Arschlochs zu erschießen – und aus ihm selbst eine Mahlzeit zu machen.

Dieser Blick auf seinem Gesicht! Sie liebte es einfach, wie böse Menschen dreinschauten, wenn sie hautnah und persönlich feststellten, dass sie nicht die Schlimmsten im Raum waren!

Der Typ hatte ihr ins Bein geschossen. Es brannte wie Feuer und hatte sie nur noch wütender gemacht – wenn das überhaupt möglich war. Sie hatte ihm die Waffe aus der Hand gerissen und sie durch den Raum geschleudert. Sie packte ihn an den Schultern und sah ihm direkt ins Gesicht, damit er es nicht verpassen konnte. Dann verwandelte sie – langsam! – ihre Nase und ihren Mund in ihre Wolfsschnauze.

Er erstarrte – bis auf seine Augen, die immer größer und größer wurden. Als sie langsam ihre Kiefer öffnete und ihn ihre sehr beeindruckenden Zähne sehen ließ, pisste er sich in die Hose.

Dann legte sie ihre geöffneten Kiefer an seinen Bauch und biss zu. Sie riss ihm all die guten Innereien aus dem Leib und schmauste. Man braucht eine Menge Protein, um Verwandlungen anzutreiben.

Ihr wurde erst bewusst, wie wütend er sie gemacht hatte, als sie ein Bein abriss und ihre Mahlzeit mit einer Keule beendete.

Sara schlug mit der Hand auf das Lenkrad. Sie konnte es nicht ertragen, noch drei weitere Stunden im Truck zu sitzen und nichts als ihre deprimierenden Gedanken als Gesellschaft zu haben.

Als sie ein Schild mit der Aufschrift „Wild Animal Safari – nächste Ausfahrt" sah, dachte sie, es sei ein Mittel gegen ihre Depression.

Wer hätte ahnen können, dass die Götter einen sehr kranken Sinn für Humor hatten?

Das Schild am Tor sah gut aus. Es versprach eine sechs Meilen lange Durchfahrt mit freilaufenden Wildtieren, die ein schönes Leben führten. Es versprach Zebras, Strauße, Emus, Gnus, Antilopen und Kamele. Es versprach auch Bären, Tiger und Wölfe.

Das hätte ihr erstes Warnzeichen sein sollen. Aber Sara fragte sich nur, wie sie das hinkriegten. Sie war neugierig.

Sie blätterte ihre zwanzig Dollar hin und erhielt eine Liste mit Regeln – zu denen auch gehörte, das Fenster jederzeit geschlossen zu halten. Diese Regel machte ihr nichts aus. Draußen waren es fast vierzig Grad und bei ihrem letzten Tankstopp war sie sehr dankbar für die robuste Klimaanlage des Trucks gewesen. Sie wollte nicht wieder aussteigen, bis sie zu Hause war.

Sara fuhr in den Park. Die Fahrspur führte auf ein größtenteils karges Stück texanisches Land hinaus, mit Buschwerk, einigen Gräsern, einem kleinen Teich in der Ferne – und einer Herde Rehe, die im sehr spärlichen Gestrüpp nach Futter suchte. Sie konnte die Hitzewellen, die vom Boden aufstiegen, beinahe sehen.

Am Straßenrand war Platz zum Anhalten, also fuhr Sara rüber und lehnte sich in ihrem Sitz zurück. Sie rieb sich die Augen und strich sich ihr zotteliges braunes Haar zurück. Sie richtete alle Lüftungsdüsen der Klimaanlage direkt auf sich und spürte die Kühle, als der Schweiß verdunstete. Sie schloss die Augen halb und beobachtete die Rehe.

Sie war neugierig. Sie dachte, sie kenne die meisten Veränderungen, die ihr Wolf mit sich brachte – selbst in menschlicher Gestalt.

Sie war stärker als zuvor. In menschlicher Gestalt war sie jetzt ungefähr so stark wie ein sehr starker Mann. Sie war sich nicht sicher – sie hatte nicht versucht, mit einem zu ringen, um es herauszufinden. Allein der Gedanke daran brachte sie zum Lächeln.

Sie konnte besser hören als zuvor. Wahrscheinlich. *Wow*, dachte sie. *Vielleicht sollte ich meine Sinne mal testen, damit ich es genau weiß. Eines Tages könnte ich diese Information dringend brauchen.*

Aber es gab da etwas Neues.

Ihr wurde klar, dass sie etwas in der Klimaanlage riechen konnte. Sie roch die Klimaanlage selbst – Schimmel, Staub und das scharfe Aroma von Kältemittel. Sie hatte nie zuvor das Kältemittel gerochen.

Und ... sie konnte die Rehe riechen. Sie waren mindestens zwanzig Meter entfernt, aber sie konnte den schwachen, herben Duft des köstlichen Fleisches riechen, das sich unter der Haut befand.

Und sie konnte ihren Schweiß riechen, der im heißen Wind zu ihr herüberwehte.

Ihr Magen knurrte. Obwohl sie letzte Nacht buchstäblich einen Mann aufgefressen hatte, war sie hungrig. Aber sie war immer hungrig – außer direkt nach einer Mahlzeit.

Wenn ich nur schnell dort hinüberschlüpfen und mir einen schnappen könnte, dachte sie. *Ein Hirschburger wäre eine wunderbare Ergänzung zu meinem Tag.*

Sie konnte sich nicht erinnern, jemals etwas durch das geschlossene Fenster ihres Trucks geradeaus vor ihr gerochen zu haben. Aber das war eindeutig eine Fähigkeit, die mit dem Werwolf-Paket kam.

Sie hatte nicht viel Zeit gehabt, sich an alles zu gewöhnen. Sie hatte sich zum ersten Mal verwandelt, nachdem sie versehentlich Meth geraucht hatte, das mit Fentanyl versetzt war.

Nicht ihr stolzester Moment.

Danach hatte sie sich in eine Werwölfin verwandelt und ein paar Zuhälter getötet. Einer von ihnen war ein Werwolf, also war die Verwandlung offiziell. Der Anführer des örtlichen Wolfsrudels hatte ihr dabei geholfen. Aber das war erst ein paar Wochen her.

Sie war noch neu in diesem Werwolf-Ding – und noch unsicher, wie neu alles war.

Sie schloss die Augen und konzentrierte sich auf ihren Geruchssinn. Sie konnte die Rehe und die Klimaanlage riechen. Sie konnte ihr eigenes Parfüm riechen. Und einen schwachen Hauch von Kiefer von einem Lufterfrischer, den sie aufgehängt hatte.

Sie konnte den Staub riechen, der sich auf dem Armaturenbrett abgelagert hatte. Und den schwachen Geruch von altem Kaffee, obwohl sie den Becherhalter schon vor Tagen gereinigt hatte.

Sie konnte sogar den Moschus von einem der Strauße riechen, der neugierig ihren Truck beäugte. Der Vogel kam ganz nah an das Fahrerfenster des Trucks heran, drehte den Kopf zur Seite und beäugte sie. Dann pickte er nach dem Spiegel und riss ihr Denken aus der stillen Einkehr.

Der Vogel starrte sie durch das Glas an. Er wich zurück, schien nachzudenken und pickte dann auf das Glas des Fensters.

„Klopf, klopf", sagte Sara zu ihm. „Lass mich dein köstliches Fleisch riechen."

Sie starrte ihn an und er starrte zurück.

Ihre Augen begannen zu leuchten. Sie hatte diesen Trick von einem Mann namens Mason gelernt.

Der Strauß stolzierte und drehte ihr seinen Rücken zu. Er stolzierte weiter, weg vom Truck. Dann begann er zu rennen.

Er rannte wie der Teufel selbst hinter ihm her.

Sara grinste. Was sie brauchte, war eine gute Mahlzeit. Ein Strauß wäre sogar noch besser als ein Reh, da sie eine größere Mahlzeit darstellen würden. *Aber ich kann nicht einfach einen der Vögel schnappen, die zum Park gehören*, dachte sie.

Sie sah, wie die anderen Strauße auf den fliehenden Vogel aufmerksam wurden. Ein oder zwei sahen sich um. Dann begannen sie auch zu rennen. Bald war die ganze Herde auf der Flucht.

Es schien, als ob die anderen Vögel nicht ganz sicher waren, wovor sie wegliefen, aber sie waren es auf jeden Fall. Sie wollten nicht die Einzigen sein, die einem offensichtlichen Raubtier im Weg standen. Es entstand eine regelrechte Massenpanik.

Sara sah mit einer Mischung aus Schadenfreude und Reue zu. Sie legte den Gang ein und fuhr weiter.

Ihre Depression war immer noch da, aber sie war zumindest durch dieses kleine Zwischenspiel verbessert worden.

Okay, Wolf, mal sehen, was du sonst noch finden kannst.

Etwa eine Meile die Straße hinunter erkannte sie, was als Nächstes kam.

Es waren die Wölfe. Oder zumindest war es ihr Gehege. Sie hatten einen großen, eingezäunten Bereich. Der Zaun war mindestens drei Meter hoch, mit einer Biegung nach innen an der Spitze. Das war gut so, denn sie wollte nicht, dass einer dieser Wölfe entkam, um ein Kind oder so etwas zu jagen.

Man konnte ganz nah an den Zaun heranfahren. Sara fuhr zum Zaun und stellte den Motor ab. Sie ließ die Klimaanlage laufen.

Sie sah fünf oder sechs Wölfe, die sich in dem Gehege aufhielten. Es sah nicht so aus, als ob sie unter der Hitze litten. Es sah so aus, als ob sie die Sonne aufsaugen würden. Sie waren einfach wunderschöne Tiere.

Sie saßen zusammengekauert, als ob sie schliefen. Aber sie waren nicht völlig regungslos. Sie sahen aus, als wären sie aufgeregt, obwohl nichts passierte.

Sie fragte sich, warum.

Dann sah sie den Menschen.

Er ging am Zaun entlang, direkt bei den Wölfen. Sie schienen keine Angst vor ihm zu haben. Sie waren nicht einmal besonders an ihm interessiert. Er ging auf sie zu und tätschelte einem auf den Kopf. Der Wolf wedelte mit dem Schwanz.

„Ein Werwolf", flüsterte sie. Er musste einer sein. Warum sonst sollten diese ungezähmten Kreaturen ihn ihnen so nahe kommen lassen?

Sie trat aufs Gas, denn sie wollte sich diesen Kerl genauer ansehen. Aber ihr Truck machte ein lautes Geräusch und starb dann ab. Er rollte ein paar Meter aus und blieb stehen.

Sie stöhnte, als ihr klar wurde, was passiert war. Ihr war der Sprit ausgegangen.

Keine gute Planung, Sara, sagte sie zu sich selbst. *Ich hätte in Amarillo tanken sollen, bevor ich losgefahren bin.*

Plötzlich stand der Mann neben ihrem Truck und blickte sie an.

Sie starrte ihn an.

Sie konnte definitiv mehr und besser riechen als zuvor. Was ein sehr zweischneidiges Schwert war. Neben jemandem im Flugzeug zu sitzen und dessen Erbrochenes vom Vortag zu riechen, machte keinen Spaß.

Wenn sie in Wolfsgestalt war, schienen alle Gerüche merkwürdig und wunderbar. Sogar Scheiße. Wortwörtlich. Sie wollte immer mehr Gerüche aller Art.

Aber in menschlicher Gestalt – da drehte sich ihr bei den meisten dieser Gerüche der Magen um.

Während sie über Gerüche nachdachte, kurbelte sie ihr Fenster ein Stück herunter und atmete tief ein. Der Hauptgeruch war Autoabgase. Großartig! Aber sie roch auch Erde. Und ... in der Ferne ... Futter.

Ähem, Rehe.

Es gab immer noch so viel, was sie über das Werwolfdasein nicht wusste. Joe White Wolf, der Lupiti-Arzt/Schamane, der sie verwandelt hatte, war innerhalb einer Stunde gestorben. Ohne ihr irgendetwas über das Werwolfdasein zu erzählen. Sie hatte alles allein lernen müssen.

So wie jetzt gerade. Sie fragte sich, wie sie sich wohl fühlen würde, wenn sie einer Herde Rehe zusähe. In ihrer menschlichen Gestalt.

Sie beobachtete die Rehe und achtete auf irgendwelche ungewöhnlichen Regungen. Hatte sie den Drang, die Autotür zu öffnen und auf sie loszurennen? Sie horchte in sich hinein. *Nein,* dachte sie. *Gott sei Dank nicht!*

Aber ... sie sahen für sie ungewöhnlich interessant aus. Sie hatte bereits alle möglichen Dinge bemerkt. Zum Beispiel, wie wachsam sie waren – nicht sehr. Dass sie dünn aussahen. Als bekämen sie nicht genug zu fressen. Also konnten sie vielleicht nicht sehr schnell rennen.

Besonders war ihr ein Reh etwas abseits der Gruppe aufgefallen. Es bewegte sich ein wenig langsamer als die anderen. Ein wenig vorsichtiger. Es lahmte nicht, das wusste sie. Es war wahrscheinlich alt. Oder krank.

Sie war von sich selbst überrascht. Vielleicht hätte ein Mensch mit einem Doktortitel in Wildtierbiologie diese Dinge bemerkt. Aber das traf auf sie definitiv nicht zu. Also musste sie annehmen, dass ihre neuen Fähigkeiten, den Gesundheitszustand von Wildtieren zu erkennen, ein weiteres „Geschenk" ihrer Wolfsseite waren.

Apropos Wölfe ... sie fragte sich, wo die Wölfe, Bären und Tiger in diesem friedlichen Szenario waren. Sie seufzte und schloss das Fenster. Dann setzte sie mit dem Truck zurück und fuhr weiter.

Sie fuhr an einem Teich vorbei, der ziemlich versifft aussah. Sie war dankbar, dass sie nicht daraus trinken musste.

Sie entdeckte zwei Zebras und einen Strauß. Sie sah Antilopen. Sie sah vier langhaarige Ziegen, die aussahen, als würden sie in der Hitze jeden Moment eingehen. Sie lagen in einem anderen kleinen

Teich – ohne sich zu bewegen. Sicherlich stammten sie aus einer kalten Gegend und nicht aus Texas, oder?

Sara war vor über einem Jahr von den Ausläufern der Rocky Mountains in Colorado nach Oklahoma gezogen und konnte die Hitze immer noch nicht ertragen. Der Schweiß lief ihr über Gesicht und Nacken, wo ihr das Haar hing. Man stelle sich vor, sie hätte ein Fell wie diese Ziegen! Es schauderte sie.

Sie war etwa fünf Meilen gefahren, also wusste sie, dass sie sich dem Ende des Parks näherte. Aber sie hatte immer noch keine Raubtiere gesehen.

Sie bog um eine Ecke und sah einige Gehege vor sich. Käfige. Offene Gitterstäbe – kein Dach, das vor der Hitze schützte.

Oh, Mist. Sie nahm den Fuß vom Gas. Sie wollte umdrehen und von diesem Ort verschwinden. Sofort. *Oh, Mist.*

Der Truck rollte vorwärts. Ihr rechter Fuß hing erstarrt in der Luft. Weder auf dem Gas noch auf der Bremse.

Im ersten Käfig war ein einzelner Tiger. Die Streifen waren nicht zu übersehen. Der Tiger lag auf dem „Boden" und keuchte in der hundert Grad heißen Luft. Nichts, was ihm Schatten spendete.

Er befand sich in einem Würfel aus Stahlstäben von acht mal acht mal acht Fuß mit einem Dach aus Drahtgeflecht. Er saß im Dreck. Daneben drei weitere, exakt gleiche Käfige. Aufgereiht wie Dixie-Klos.

Saras Truck rollte vor dem zweiten Käfig aus. Darin waren zwei Kojoten und ein Fuchs. Sie lagen einfach nur da.

Zwei dürre Löwen waren im dritten Käfig – ein Männchen und ein Weibchen. Beide hechelten in der Hitze. Man konnte sehen, wie sich bei jedem kurzen Atemzug die Rippen unter ihrer Haut auf- und ab bewegten.

Sie konnte noch nicht sehen, was im vierten Käfig war. Sie schluckte. Sie atmete tief durch. Sie berührte mit dem rechten Fuß das Gaspedal und fuhr neben den letzten Käfig.

Sie schaute hin und schnappte nach Luft. Es war noch schlimmer, als sie erwartet hatte.

Dort war ein Wolf. Ein einziger. Das sozialste Tier der Welt –

eines, für das die Familie alles ist. Allein. Seit wann? Wie lange war er oder sie schon in diesem Käfig?

Ja, es gibt einsame Wölfe in der Wildnis. Aber das sind Wölfe, die ihre Familie verlassen haben, um sich einen Partner zu suchen und eine eigene Familie zu gründen. Man findet keine Wölfe, die sich freiwillig für ein Einsiedlerleben entscheiden – so wie man es bei manchen Menschen findet.

Und was sie sah, war noch schlimmer. Der Wolf teilte sich den letzten Käfig mit einem Schwarzbären. Natürliche Feinde in der Wildnis und doch in eine einzige Zelle gezwängt. Jedes Tier drückte sich gegen die Gitterstäbe – so weit voneinander entfernt, wie es nur ging.

Sara schüttelte den Kopf, um ihn freizubekommen. Schreien würde gar nichts bringen.

Sie zog ihr Handy heraus und rief einen Freund an. Mason war ein Hacker, dem sie schon einmal geholfen hatte. Einige sehr gefährliche Leute hatten heftige Einwände gegen das, was Mason auf ihren Computern gefunden hatte. Während der Rettungsaktion war Sara gezwungen gewesen, sich zu verwandeln. Jetzt fand Mason, dass das, was sie tat, „der Hammer" sei – ein Wort, das College-Kids heutzutage anscheinend für „cool" benutzen. Mason wollte sie auf Missionen begleiten. Sie wollte ihn hauptsächlich vor dem Ärger beschützen, in den sie sich ständig stürzte.

„Dabei sollte keine Gefahr bestehen", sagte sie zu ihm, „aber ich will alles, was du so schnell wie möglich über eine Firma finden kannst." Sie gab ihm die Details. Je mehr Details sie nannte, desto leiser wurde ihre Stimme. Am Ende flüsterte sie fast nur noch.

„Ich will verdammt noch mal wissen, wie diese Firma noch im Geschäft sein kann. Alles, was du finden kannst."

„Bin schon dran", sagte Mason.

Sara legte das Handy weg und blickte zurück zum Wolf. Er (sie?) sah älter aus. Das Fell war fleckig – teils schwarz, teils grau, was für einen alternden schwarzen Wolf typisch war. Aber nicht steinalt. Die Schnauze war nicht ganz weiß.

Sie kurbelte das Fenster herunter und wurde erneut von der Hitze getroffen. Sie lehnte sich aus dem Fenster. Der Teil des Käfigs, in dem der Wolf war, befand sich ihr am nächsten, etwa fünfzehn Fuß von ihrem Fenster entfernt. Der Bär war weiter weg. So weit weg, wie er in einem Acht-Fuß-Würfel nur sein konnte.

Sara atmete ein. Sie wusste, dass Wölfe Krankheiten riechen konnten, aber sie wusste nicht, wie. Ein weiterer Aspekt ihrer Wolfsbildung, der mangelhaft war. Sie roch Wolf. Aber das Tier roch nicht viel anders als ihre Wolfshündin Skidi. Zumindest für ihre menschliche Nase. Außer ... es war ein Männchen! Das konnte sie jetzt riechen. Irgendein hormoneller Unterschied zu Skidi, die ein Weibchen war.

Vielleicht roch sie für die Nase eines Wolfes anders? Der Kopf des Wolfes hatte auf seinen Pfoten gelegen, als wäre es zu anstrengend, ihn zu bewegen. Aber jetzt drehte er sich zu ihr um. Seine Nase bewegte sich und sog den Geruch ein. Der Kopf des Wolfes hob sich leicht und neigte sich. Als wäre er verwirrt. Als würde er sagen: „Was bist du denn?"

Er blickte ihr direkt in die Augen und Sara war wie gebannt. Sie konnte nicht einmal atmen. Dann verlor der Blick des Wolfes den Fokus und er senkte den Kopf auf seine Vorderpfoten.

Sara spürte eine Welle der Trauer, die so bitter war, dass sie sich wie kleine Messer anfühlte, die ihr das Herz zerteilten. Und mit dieser Welle kam ein Bild. Ein Mann – ein sehr detailliert dargestellter Mann, den Sara noch nie zuvor gesehen hatte – zerrte einen schlaffen Wolf aus einem Käfig. Stahl ihm seine Gefährtin. Seine Lebenspartnerin. Die Mutter seiner Welpen.

Wow! Was war das denn?

Sara rang nach Luft. Sie starrte den Wolf an, aber er lag nur da. Das Heben seines Kopfes, dieser Blick, war alles, was er zu geben bereit war. Außer – dieses geistige Bild. Es musste auch von ihm gekommen sein. Oder nicht?

Es war so spezifisch. Wie konnte sie sich das Bild eines Mannes ausdenken, den sie noch nie gesehen hatte? Wie konnte sie sich nach der ‚Mutter ihrer Welpen' sehnen?

Und diese Trauer! Sara wusste, wie sich ‚traurig' anfühlte – dafür hatte sie die Scheidung als Beweis. Aber sie hatte noch nie eine so tiefe Traurigkeit empfunden. So hoffnungslos. So hilflos.

Sara musste sofort weg. Sie spürte, wie Wut in ihrer Kehle aufstieg. Sie erstickte sie. Sie musste sofort weg, bevor sie etwas tat, das sie ins Gefängnis bringen würde. Denn wenn sie eingesperrt wäre, würde das diesem Wolf überhaupt nicht helfen.

Sie sah sich den Käfig genau an. Es gab reichlich Wasser darin. Das war entscheidend. Sie sah den Bären und den Wolf an. Sie waren dünn, aber sie standen nicht kurz vor dem Tod. Sie wurden so wenig wie möglich gefüttert, aber genug, um sie am Leben zu erhalten. Denn der Besitzer wollte seine ,Attraktionen' nicht verlieren.

Sie war wieder auf dem Highway und dreißig Minuten von zu Hause entfernt, als Mason sie auf ihrem Handy anrief.

„Der Laden hat mehrere Anzeigen wegen Tierquälerei bekommen", teilte er ihr mit. „Er wurde sogar einmal für dreißig Tage geschlossen. Aber der Betreiber macht Versprechungen und die örtliche Polizei lässt ihn wieder öffnen. Dann ignorieren sie es, es sei denn, jemand anderes beschwert sich."

Sara wollte sichergehen, dass sie das richtig verstand. „Also, wenn ich eine Beschwerde einreiche, wird wahrscheinlich nichts passieren?"

Mason überlegte. „Ich glaube, eine Beschwerde könnte sie dazu zwingen, ein paar Bretter als Schattenspender über die Käfige zu legen."

„Und was ist damit, dass sie einen Bären und einen Wolf zusammen in einem Käfig halten?"

„Da wird wahrscheinlich nichts passieren. Sie könnten sagen, dass das jetzt schon seit Monaten gut geht. Sogar seit Jahren. Sie könnten auch sagen, es sei nur vorübergehend. Schlimmstenfalls könnten sie eines der Tiere an einen Mastbetrieb verkaufen."

Sara kochte vor Wut. „Was kann man denn da machen?"

„Du könntest eine Beschwerde bei PETA.org einreichen. Die würden versuchen, die örtliche Presse zu mobilisieren, um die Polizei zu zwingen, mehr zu unternehmen."

Sara schwieg. Sie überholte einen Sattelschlepper, viel zu schnell, und scherte wieder auf die rechte Spur ein. Sie zwang sich, den Fuß vom Gas zu nehmen. Sie schwieg weiterhin.

„Sara? Bist du noch dran?"

Stille.

„Sara? Ich könnte ein paar Freunde aus Lupiti bitten, dorthin zu fahren und Fotos zu machen. Sie sind nur ein paar Stunden entfernt. Sie könnten die Beschwerde zusammen mit dir einreichen – vielleicht würde das mehr Aufmerksamkeit erregen?"

„Nein, ich kann nichts einreichen", sagte sie. „Aber wenn du einen Freund dazu bringen könntest, morgen Fotos zu machen, wäre ich dir dankbar. Sag ihnen aber, sie sollen die Bilder ein paar Tage für sich behalten."

„Was hast du vor? Kann ich mitmachen?"

Sara schüttelte den Kopf und zwang sich zu einem Lächeln in der Stimme. Ein weiterer Versuch, sich ihr bei ihren ‚Missionen' anzuschließen. Wieder wehrte sie ihn ab. Wegen der Gefahr für ihn.

„Nein, nein. Nichts dergleichen", log sie. „Ich will nur ein paar Tage darüber nachdenken. Ich lasse dich wissen, wie ich mich entscheide.

Danke, Mason. Ich weiß das wirklich zu schätzen!"

Sara legte auf.

2

―――――

Sechzig Stunden später war Sara auf dem Rückweg nach Texas. Ihre Scheinwerfer beleuchteten die vierspurige Autobahn vor ihr. Es war 22 Uhr und der Verkehr war spärlich. Das Land war weitläufig und flach, sodass sie Scheinwerfer meilenweit hätte sehen können. Doch es waren nur zwei Autos zu sehen, die nach Osten fuhren, zurück in Richtung Tulsa. Ein Wagen fuhr wie sie in Richtung Westen.

Ihr neu gekaufter Ford 350 Cargo Van von 2019 fuhr sich gut. Das musste er auch, für die 38.000 $, die er sie gekostet hatte. Ganz zu schweigen von den zusätzlichen 8.000 $ für zwei extrastabile Käfige, die sie hinten eingebaut hatte, und hundert Dollar für einen Vorhang samt Stange, um diese Käfige und das, was sich darin befinden würde, vor neugierigen Blicken durch die Frontscheibe zu verbergen.

Sie konnte nicht fassen, dass sie all das Geld nur für diese eine Mission ausgegeben hatte. Obwohl sie heutzutage Geld hatte, anders als in ihrem VWW-Leben (vor dem Werwolf-Werden).

Wie sich herausstellte, brauchen tote Bösewichte all das Geld auf ihren Bankkonten nicht – stell dir das mal vor! Sie mochte die Ironie, ihr Geld zu benutzen, um Opfern zu helfen.

Skidi bellte sie vom Beifahrersitz aus an. Sie griff hinüber und wuschelte ihr durchs graue Fell. Sie war sich nicht sicher, ob sie Skidi hierher mitnehmen sollte. Wer wusste schon, wie sie auf Löwen reagieren würde? Oder auf einen Bären?

Aber Skidi war die beste Alarmanlage, die Sara hatte – der Wolfshund hörte oder roch Ärger, lange bevor Sara eine Ahnung hatte. Das könnte entscheidend sein.

Um 1 Uhr nachts hielt Sara an einer Flying-J-Raststätte, etwa 20 Meilen von dem Ort entfernt. Sie tankte, ging aufs Klo und kam mit allen heißen Würstchen und Hotdogs zurück, die dort fertig zum Mitnehmen waren. Sie teilte zwei mit Skidi und packte den Rest als Treibstoff für eine mögliche Verwandlung ein – und für die beiden Tiere, von denen sie erwartete, dass sie ihre Passagiere werden würden.

Um 1:30 Uhr parkte Sara in einer Seitenstraße, einen Block von dem Gelände entfernt. Sie hatte sich wie ein Mann gekleidet – für den Fall, dass es Kameras gab, die sie übersehen hatte. Sie trug Jeans, ein Männerhemd und Turnschuhe, die so männlich wie möglich aussahen, wie sie sie in ihrer Größe finden konnte.

Obwohl es 18 Grad hatte, zog sie eine leichte, dreiviertellange Männerjacke an. Sara wusste, dass sie mit ihrem Hintern in Jeans niemals als Mann durchgehen würde. Das konnten die wenigsten Frauen.

Um ihr Gesicht vor einer Identifizierung zu schützen, setzte sie eine John-Deere-Baseballkappe und eine große Herrenbrille auf – ohne Gläser. Um die Konturen ihres Gesichts zu verändern, schob sie sich schließlich zwei große Murmeln in die Wangen – eine auf jeder Seite. Sie waren nicht so unangenehm, wie sie befürchtet hatte.

Sara hatte sich daran gewöhnt, mit einem kleinen Stein in der Wange zu laufen. Es stellte sich heraus, dass dies ein alter Trick der amerikanischen Ureinwohner ist – niemand weiß genau, von welchem Stamm er stammt. Man kann so länger mit weniger Wasser laufen – der Stein sorgt für Speichel im Mund, sodass man sich nicht ausgedörrt fühlt. Diese Steine waren größer – und es waren zwei –, aber sie passten bequem in ihre Wangentaschen.

Sara gab Skidi den Befehl, absolut still zu sein. Dann gingen sie, bis sie das Tor sehen konnten. Zwei hohe Scheinwerfer beleuchteten den Eingang. Das Tor war etwa zweieinhalb Meter hoch und im geöffneten Zustand breit genug, damit Autos auf der einen Seite der Bude hinein- und auf der anderen Seite hinausfahren konnten.

Das Tor war entweder aus Eisen oder so gefertigt, dass es so aussah. Die Torseiten waren an einem drei Meter hohen Zaun befestigt, der sich auf beiden Seiten so weit erstreckte, wie sie sehen konnte. Es war mit einem Vorhängeschloss verschlossen. Die Kassenbude am Eingang war genau das – keine Wachbude. Dort war niemand.

Sie schaute genau hin und entdeckte eine Kamera. Sie befand sich an der Bude und war so ausgerichtet, dass sie sowohl ins Innere der Autos als auch auf die Nummernschilder blicken konnte.

Sara hatte sich schon gedacht, dass es wahrscheinlich einen weiteren Eingang geben musste. Einen Personaleingang, näher am Büro am anderen Ende des „Parks." Irgendwo, wo Lastwagen anliefern konnten. Sie hatte auf Google Earth zwei wahrscheinliche Feldwege gefunden.

Zurück im Van fuhr Sara zum ersten und stellte fest, dass die Straße nur für ein paar Hundert Fuß parallel zum Zaun verlief und dann abbog. Die zweite Straße führte direkt zum Gelände – zu einem weiteren Tor. Dieses hier war nicht zur Schau da – es war also aus dem gleichen Material wie der Zaun selbst. Keine schicken Eisenverzierungen. Auch dieses war mit einem Vorhängeschloss gesichert und ließ sich weit genug öffnen, damit ein Sattelschlepper entweder hinein- oder hinausfahren konnte. Kein Gegenverkehr.

Dieses Tor war nicht beleuchtet. Aber es könnte eine Überwachungskamera haben. Sara holte ihre bescheuert aussehende, selbst gebastelte Infrarot-(IR)-Detektorbrille hervor – sie musste jedes Mal lächeln, wenn sie sie ansah. Durch sie konnte sie sehen, dass es keine Überwachungskamera gab. Ohne Licht hätte jede Kamera hier IR-Licht aussenden müssen, um im Dunkeln „sehen" zu können. Kein IR-Licht – keine Kamera.

Sara verließ sich darauf, dass der Laden zu geizig war, um in gute Sicherheit zu investieren. Hohe Zäune – ja. Um etwaige Nachbarn und die Polizei zu besänftigen. Aber jeder Ort, der seine Tiere unterernährte, um Geld zu sparen, verwendete wahrscheinlich billige

Zäune und kein ausgeklügeltes Sicherheitssystem. Hoffte sie zumindest!

Sara sah sich das Vorhängeschloss und dann die Torscharniere an. Die Scharniere sahen kleiner aus. Sie schaute auf ihre Uhr. Es war 1:49 Uhr. Sie schätzte, dass sie in höchstens zehn Minuten drin und wieder draußen sein musste. Sie stellte ihre Uhr so ein, dass sie die Sekunden zählte.

Sie schnappte sich den stärksten Bolzenschneider, den sie im Baumarkt hatte finden können, und durchtrennte – unter Einsatz ihrer *ganzen* Kraft – beide Scharniere. Dann stemmte sie diese Seite des Tors hoch, huschte hindurch und klappte das Tor weit genug gegen den Zaun zurück, um durchfahren zu können.

Dreiundzwanzig Sekunden vergangen.

Sara fuhr durch das Tor. Als sie am Wolfskäfig ankam, zeigte ihre Uhr...

Zwei Minuten und 14 Sekunden vergangen.

Ein Blick auf die Gitterstäbe sagte ihr, dass sie sich richtig erinnert hatte – da würde sie so schnell nicht durchkommen. Aber die Oberseite des Käfigs bestand aus dem Drahtgeflecht, an das sie sich erinnert hatte. Sie hatte es online nachgeschlagen. Man nennt es Zoo-Drahtgeflecht – und es gibt es in zwei Stärken. Sie war sich zu 99 % sicher, dass hier die billigere Version verwendet worden war.

Sie setzte den Lieferwagen rückwärts an die Gitterstäbe und kletterte dann auf das Dach des Wagens. Sie hakte das Abschleppseil an der oberen Stange des Käfigs ein, sprang dann hinunter, stieg in den Wagen und fuhr los.

Vier Minuten vergangen.

Sara erinnerte sich daran, dass sie zwei Minuten brauchen würde, um wieder von diesem Ort wegzukommen. Das ließ ihr nur noch vier Minuten, bevor sie sich auf den Weg machen musste.

Es gab einen sehr beängstigenden Moment, in dem sie dachte, der Transporter würde es nicht schaffen, den Käfig umzureißen. Er sollte eigentlich 2.250 Kilo ziehen – und ebenfalls 2.250 Kilo transportieren können. Aber der Winkel war schlecht. Sie hatte kein ausreichend langes Abschleppseil und das Drehmoment versuchte, das Heck des Wagens anzuheben.

Es gab eine Reihe lauter Knallgeräusche, dann kippte der Käfig schließlich auf die Seite.

Fünf Minuten vorbei.

Sara schnappte sich das Betäubungsgewehr. Es zu beschaffen, war einer der kniffligeren Teile der Operation gewesen.

Mason hatte einen Freund vom Stamm der Lupiti angerufen – einen Freund, der Pferde transportierte. Er besaß ein Betäubungsgewehr und drei Betäubungspfeile, die er für Sara an einem vereinbarten Ort hinterließ. Er hatte Mason gesagt, dass sie für etwas, das über 300 Pfund wog, vielleicht zwei Pfeile brauchen würde. Das war ihre Schätzung für das Gewicht des Bären.

Sie sprang aus dem Van und rannte zur Oberseite des Käfigs, der jetzt auf der Seite lag.

„Habt keine Angst", sagte sie zu dem Wolf und dem Bären. Aber das zu sagen, war wirklich dumm. Natürlich hatten sie Angst.

Sie verpasste jedem von ihnen einen Pfeil. Dann machte sie sich mit dem Bolzenschneider an dem Gitter aus Stahlgeflecht zu schaffen.

Fünfeinhalb Minuten vorbei.

Das Gitterdach wirkte größer, als sie erwartet hatte. Aber...

„*Konzentrier dich*", sagte sie sich. Das Gitter ließ sich leichter durchtrennen als die Scharniere des Tors, aber sie musste so viele Maschen durchschneiden! Sie wollte die Tiere nicht verletzen, während sie sie befreite.

Sie schnitt immer mehr Maschen durch. Warum war der Bär nur so groß?

Sie schnitt weiter.

Endlich hatte sie genug Platz.

Sieben Minuten vorbei.

Sie sah zum Wolf hinüber. Er schlief. Aber der Bär nicht.

Sara stieß einen lautlosen Schrei der Frustration aus und griff nach dem Betäubungsgewehr. Sie lud den letzten Pfeil und schoss auf den Bären.

Sobald er sich hinlegte, hob sie den Wolf an und zog ihn heraus. Sie trug ihn zum vorderen Käfig im Van, direkt hinter dem Fahrersitz, legte ihn hinein und schloss ab.

Acht Minuten vorbei – Zeit zu verschwinden.

Sie ging zurück, um den Bären zu holen. Meine Güte, war der schwer! Sie schlang ihre Arme um seinen Rumpf und zerrte ihn zum Heck des Vans. Die Ladetüren standen offen, ebenso wie der hintere Käfig.

Sie musste den Bären mit reiner Muskelkraft hineinheben. Ohne die zusätzliche Stärke hätte sie das nicht geschafft. Was wog er? Fünfhundert Pfund?

Neun Minuten vorbei.

Skidi knurrte.

Ein glänzender neuer Jeep – der teure Wrangler Rubicon – raste den Weg herauf. Sie verriegelte den Käfig und schlug die Hecktüren des Vans zu.

Der Jeep parkte direkt vor ihrem Van und blockierte ihr den Weg.

Ein Mann sprang aus dem Jeep.

Sara erstarrte. Es war der Mann, den sie im Geist des Wolfs dabei gesehen hatte, wie er die Lebensgefährtin wegschaffte!

Der Mann war Mitte dreißig, mit einem hübschen Gesicht, das anfing, pausbäckig zu werden. Ein kleiner Bauchansatz quoll über die Jeans, die er offensichtlich in Eile angezogen hatte. Sein blondes Haar war zerzaust – er hatte offensichtlich geschlafen. Aber es hing ihm modisch über die Stirn – es war ein teurer Haarschnitt.

Er war fast einen Meter achtzig groß und stampfte direkt auf sie zu, sodass er sie mit ihren 1,70 m überragte.

„Mir ist scheißegal, wer Sie sind, kleines Fräulein, aber die Polizei ist gleich hier und wird Ihren Hintern in den Knast stecken."

Das war offensichtlich kein Nachtwächter. Aber zu jung, um der Typ zu sein, der diesen Ort aufgebaut hatte. Sara nickte. Besitzer in zweiter Generation. Und nicht zu vergessen, ein Arschloch. „Kleines Fräulein", wirklich.

Zehn Minuten vorbei und die Polizei ist auf dem Weg.

Sie musste hier weg. Sara stieß den Mann so kräftig von sich, wie sie konnte. Er landete etwa zwei Meter von ihr entfernt auf seinem Hintern.

Dann bellte Skidi. Ihr sehr, sehr ernstes Bellen.

Sara hörte einen Schrei, wie sie ihn noch nie zuvor gehört hatte.

Die Haare auf ihren Armen stellten sich auf. Für eine Sekunde konnte sie nicht atmen. Die ganze Welt erstarrte.

Dann hörte sie ein Brüllen – ein tiefes, urtümliches, Ihr-werdet-alle-sterben-Brüllen.

Links von ihr sah sie eine Bewegung von oben. Eine große Löwin stand auf ihrem Käfig, der sich neben dem des Wolfs befunden hatte. Aber das Gitter auf ihrem Käfig war nun verschwunden. Sie war frei.

Sara schlug sich die Hand vor den Mund. War das das Knallgeräusch gewesen, das sie gehört hatte? Hatte das Gittergeflecht die Dächer beider Käfige bedeckt?

Die Löwin sprang in die Luft. Sie war so anmutig! So geschmeidig!

Mit zwei Sätzen landete die Löwin auf dem Mann. Sie riss ihr Maul auf, schlug ihre Zähne in seinen Hals und schüttelte ihn. Und schüttelte ihn noch mehr. Als wollte sie ihn immer und immer wieder töten. Aber er war schon nach dem ersten Biss tot. Sein Kopf baumelte bei jeder Schüttelbewegung hin und her – als wäre er kaum noch befestigt.

Elf Minuten und mehr vorbei.

Sara hatte keine Betäubungspfeile mehr. Die Polizei war im Anmarsch.

Die Löwin begann seelenruhig zu fressen. Sie war sehr, sehr hungrig. Sie sah zu Sara und Skidi und knurrte, um ihren Besitzanspruch auf diese Mahlzeit geltend zu machen.

Sara rief Skidi, und sie sprangen in den Van. Sie setzte zurück und fuhr dann um den Jeep des Mannes herum.

Dreizehn Minuten nach dem Eindringen fuhr sie schließlich durch das hintere Tor hinaus.

„Ich bin ein Feigling", sagte sie während der Fahrt zu Skidi. „Wenn die Löwin entkommt ..."

„Und die Polizei ... sie sind in Gefahr. Sie werden nicht wissen, was sie erwartet."

„Und die Löwin ..." Denn natürlich würde die Polizei die Löwin töten. Was sie nicht verdient hätte. Die Art, wie sie auf diesen Mann losgegangen war ...

Sara war zwei Meter näher an der Löwin gewesen als der Mann.

Die Löwin hatte einen Umweg gemacht, um ihn zu packen. Ausgerechnet ihn.

Sara schlug mit den Händen auf das Lenkrad. Unbeabsichtigte Konsequenzen.

Sara gab sich große Mühe, alles vorherzusehen, was bei einer Rettungsaktion passieren könnte. Aber das hatte sie niemals erwartet. Dasselbe Gitterdach über zwei Käfige zu spannen – natürlich. Das war billiger, als jedem Käfig ein eigenes Dach zu geben.

Wahrscheinlich sollte sie den Tod des Mannes bedauern. Aber das tat sie nicht. Es war schneller gegangen, als er es verdient hätte. Man hätte ihn in einen winzigen Käfig bei 40 Grad Hitze sperren sollen. Und ihn den Rest seines Lebens darin „genießen" lassen.

Sie bedauerte jedoch den bevorstehenden Tod der Löwin. Und wenn die Löwin jemand anderen verletzen sollte ... wäre das ganz allein ihre Schuld. Sie glaubte nicht, dass sie damit fertigwerden könnte.

Sie stellte ihr Navi so ein, dass es sie zur Wildtierauffangstation leitete, die sie auf SanctuaryFederation.org gefunden hatte. Sara war sich nicht sicher, ob sie diese Operation hätte durchziehen können, wenn es nicht eine Mitgliedsstation so nahe an der Safari gegeben hätte. Nur 50 Meilen entfernt. Und – erstaunlicherweise – nahm sie sowohl Bären als auch Wölfe auf.

Sara hatte gestern die Leiterin angerufen. Sie hatte der Frau gesagt, dass noch am selben Tag eine anonyme Spende von 100.000 $ an die Organisation überwiesen würde. Im Gegenzug hatte sie darum gebeten, einen Wolf und einen Bären zu schützen, die sie erhalten würden. Dass die Tiere von einem schrecklichen Ort gerettet würden. Dass sie dafür sorgen solle, dass sie niemals aus der Auffangstation weggenommen würden.

Sie fuhr von der Autobahn ab und umkreiste das Gebiet der Auffangstation. Sie wollte sichergehen, dass niemand auf sie wartete. Sie rechnete nicht damit. Jemand, der sein Leben einer Auffangstation für Tiere widmete, würde die Rettung zweier misshandelter Tiere wohl kaum verhindern.

Sie hielt etwa eine halbe Meile von dem Ort entfernt am

Straßenrand an. Sie ging nach hinten in den Laderaum und setzte sich neben den Käfig mit dem schlafenden Wolf. Sie legte ihre Hand durch die Gitterstäbe auf ihn.

Sie erwartete kein weiteres mentales Bild. Und sie bekam auch keines.

Über mentale Bilder würde sie später nachdenken.

Sie streichelte dem Wolf das Fell. „Dein Leben wird jetzt besser", sagte sie zu ihm. „Du wirst zwar immer noch nicht deine Gefährtin haben. Oder deine Jungen. Aber du wirst Platz haben. Und Gesellschaft. Mehr kann ich nicht für dich tun."

„Du auch", sagte sie und nickte dem Bären zu.

Dann fuhr sie zum Eingangstor, holte die beiden Käfige heraus und ließ sie dort stehen.

Fünfzehn Minuten später rief sie die private Nummer der Direktorin an – mit einem neuen Wegwerfhandy. Dann bog sie auf die I-40 East ab – zurück in Richtung Tulsa. Und dann weiter nach Hause.

Am nächsten Tag berichteten die Zeitungen über den Tod des Safaripark-Besitzers durch eine Löwin. Es gab eine Fahndung nach der „Ökoterroristin", die drei gefährliche Raubtiere freigelassen hatte.

Die Löwin wurde von heldenhaften Polizisten getötet – das Interview mit dem Polizisten, der sie erschossen hatte, war großes Fernsehen, auch wenn Sara es nicht ansehen konnte. Großes Fernsehen waren auch die Warnungen, die Kinder im Haus zu lassen, während ein Bär und ein Wolf frei herumliefen und vermutlich wüteten. Es gab rührselige Interviews mit der Ex-Frau und den Kindern des Besitzers. Weitere unbeabsichtigte Konsequenzen.

Am darauffolgenden Tag fanden die Zeitungen einen neuen Blickwinkel. Fotos von den Käfigen des Safariparks und den offensichtlich unterernährten Tieren wurden veröffentlicht. Die Vorgeschichte der Tierquälerei wurde aufgedeckt und veröffentlicht. Die Polizei wurde gefragt, warum der Park wiedereröffnet werden durfte. Tierschutzdemonstranten tauchten auf.

Der Wolf und der Bär wurden nie gefunden – die Polizei spekulierte, dass die Ökoterroristin sie irgendwo illegal auf einer

Ranch halten müsse. Und dass sie eines Tages ausbrechen und die Öffentlichkeit gefährden könnten.

Sara machte sich Vorwürfe wegen ihrer schlechten Planung. Wenn beide Löwen ausgebrochen wären ... Wenn sie in die Ortschaft gelaufen wären ... Sie hatte unschuldige Menschen in Gefahr gebracht.

Sie hatte gemischte Gefühle bezüglich der Löwin. Sara hatte ihren Tod verursacht – daran gab es keinen Zweifel. Mit nur drei Betäubungspfeilen dorthin zu gehen, war unglaublich dumm gewesen.

Aber das Verhalten der Löwin ... der Ausdruck in ihrem Gesicht, als sie auf dem Mann saß und ihn fraß ... Sara dachte, vielleicht hatte die Löwin das bekommen, was sie sich am allermeisten gewünscht hatte. Dass sie, wenn sie hätte wählen können, diese Entscheidung gerne getroffen hätte.

Der Gefährte der Löwin und die anderen Raubtiere in den Käfigen waren weggebracht worden – an Orte, die ihnen wenigstens mehr Platz und eine „natürlichere" Umgebung boten. Hoffentlich ging es ihnen also besser.

Obwohl der Löwe seine Gefährtin verloren hatte. Was ebenfalls ihre Schuld war.

3

---

echs Monate später erlaubte sich Sara, das Wildreservat zu besuchen. Sie besuchte das Bärengehege, obwohl sie keine Ahnung hatte, welcher Bär derjenige war, den sie gerettet hatte. Sie waren so weit weg, dass selbst ihre feine Nase ihn nicht ausmachen konnte.

Aber der Wolf...

Sie war um 9 Uhr morgens gekommen, sobald sich die Tore öffneten. Denn Wölfe waren in der Hitze des Tages für gewöhnlich nicht sehr aktiv. Ihr Gehege wirkte beruhigend groß. Nicht die zehn bis zwanzig Meilen, die Wölfe in freier Wildbahn an einem Tag umherstreifen. Aber immerhin gut anderthalb Hektar. Sie sah vier Wölfe spielen, die in ein kleines Wasserbecken sprangen und sich dann gegenseitig außer Sichtweite jagten.

Es gab einen klaren Alpha in der Gruppe und er sah aus wie ihr Wolf. Dieselbe fleckige Färbung, bei der Schwarz in Grau überging. Aber er sah viel, viel gesünder aus. Er hatte zugelegt – seine Rippen waren nicht mehr zu sehen. Und er sah lebendig aus. Nicht mehr halbtot wie zuvor.

Sie atmete durch die Nase ein. Sie erkannte seinen Geruch. Komisch, wie jeder Geruch so einzigartig war, dass sie ihn nie vergessen konnte. Man konnte jemanden optisch mit einem anderen verwechseln. Aber niemals seinen Geruch.

Der Bereich des Wolfsgeheges, von dem aus die Leute sie sehen konnten, war doppelt eingezäunt. Die Leute standen außerhalb des einen Zauns, dann kam ein gut einen Meter breites Niemandsland und dann der Zaun, der die Wölfe zurückhielt.

Sara setzte sich an ihren Zaun und erlaubte sich, glücklich zu sein über die eine Sache, die sie in jener Nacht nicht verbockt hatte. Sie schloss die Augen und war überrascht, als sie merkte, dass sie feucht waren.

Sie rieb sich die Augen und öffnete sie wieder.

„Ihr" Wolf stand gut einen Meter entfernt, direkt hinter seinem Zaun. Sie sahen sich an. Minutenlang sahen sie sich einfach nur an. Sie wünschte sich irgendeine Möglichkeit zu kommunizieren.

Sie hatte versucht, mit Skidi mentale Bilder zu projizieren (oder zu empfangen!), aber es war nie passiert. Vielleicht hatte sie es sich bei diesem Wolf nur eingebildet.

Plötzlich sah sie sich selbst durch die Nacht rennen. Volle Geschwindigkeit. Sie sprang auf einen Rudelgefährten, dann wälzten sie sich auf dem Boden. Rangelten.

Dann lag sie auf einem sonnenwarmen Felsen. Es war Abend und sie blickte über ihr Land.

Dann war sie wieder zurück. Blickte den Wolf an.

Sie stand auf und hob ihre Hand mit der Handfläche nach außen zum Wolf.

„Danke", sagte sie.

Dann eilte sie davon, aus dem Park, in ihr Auto, wo sie in Tränen ausbrach. Aber es waren Freudentränen.

ENDE

KURZGESCHICHTE 7

WERWOLF SUCHT LUPITI-WEISHEIT

SUE DENVER

WERWOLF SUCHT LUPITI-WEISHEIT

1

Werwolf sucht Lupiti-Weisheit
Von Sue Denver

„... wenn du lange in einen Abgrund blickst, blickt der Abgrund auch in dich hinein."
– Friedrich Nietzsche
„Das Problem bei der Introspektion ist, dass sie kein Ende hat."
– Philip K. Dick

Sara Flores fuhr vor einem kleinen gelben Haus an der Bear Street in Lupiti, Oklahoma, vor. Es lag zurückversetzt zwischen den Bäumen an einer unbefestigten Auffahrt und war von den anderen Häusern aus nicht zu sehen. Es sah aus wie jedes andere der hauptsächlich von Arbeitern bewohnten Häuser in der Stadt. Ganz gewöhnlich. Als ob dort ein Feuerwehrmann oder ein Polizist wohnte. Für einen Mann, von dem sie hoffte, er könne mit den Toten sprechen, hatte sich Sara etwas anderes vorgestellt.

Sara parkte ihren F-150-Truck auf halber Strecke der Auffahrt – man hatte ihr gesagt, das sei höflich, wenn man bei jemandem ohne

Telefon unangemeldet vorbeischaute. Sie vermutete, das gäbe ihnen Zeit, sich anzuziehen oder das Haus aufzuräumen, falls sie bereit wären, einen hereinzubitten. Obwohl sie bezweifelte, dass dieser Mann für sie aufräumen würde. Sie war sich nicht einmal sicher, ob er überhaupt mit ihr reden würde.

Sie kurbelte das Fenster herunter und atmete die Luft ein. Sie roch einen leichten Hauch von Zedernrauch in der Luft. Nicht genug Rauch für ein Kaminfeuer – obwohl es ein kalter Januartag war.

Sie war nervös. Sogar ein bisschen ängstlich.

Der Mann, bei dem sie unangemeldet vorbeischaute, war ein Lupiti-Priester – der älteste, der noch lebte. Hoffentlich war er alt genug, um an den Priesterzeremonien teilgenommen zu haben, damals, bevor der Stamm auf kaum 4.000 Mitglieder geschrumpft war. Der Stamm hätte damals aussterben können – wären da nicht der pure Schneid, die Entschlossenheit und die schlichte Weigerung seines Volkes gewesen, aufzugeben.

Sie kam sich ein wenig albern vor, Angst vor diesem Mann zu haben. Aber sie hatte ihre Gründe. Der letzte Lupiti-Älteste, den sie gekannt hatte – ein Lupiti-Schamane, kein Priester –, hatte sein Blut mit ihrem vermischt und sie in einen Werwolf verwandelt. Kurz bevor er starb.

Gott allein wusste, wozu dieser hier fähig war.

Sie rieb sich die Augen und sah in den Spiegel. Sie sah nicht gerade bestens aus. Ihr zotteliges braunes Haar sah immer noch zerzaust vom Schlafen aus und ihre Augen waren rot. Und ihr Kater brachte sie um.

Vielleicht sollte sie warten? Morgen wiederkommen?

Aber nein. Die letzte Nacht war der Grund, warum sie hier war.

2

L etzte Nacht hatte sie sich noch verdammt gut gefühlt, was ihr erstes Jahr als Werwolf anging. Bis sie eine ganze Flasche Moët-Champagner (62 $!) hinunterkippte, während sie zusah, wie die Silvesterkugel auf dem Times Square fiel und 60.000 Partywütige eine riesige Post-Covid-Party in den Straßen von New York feierten.

Sara war in ihrem gemütlichen Farmhaus außerhalb von Tulsa gewesen, saß in ihrem bequemen Ledersessel und trug alte Jeans und einen großen, kuscheligen Pullover. Sie war bei ihrer besten Freundin Skidi, der Wolfshündin, die sie von dem Mann geerbt hatte, der sie verwandelt hatte.

Als Silvestermahlzeit hatte sie ihr Lieblings-Nacho-Rezept zubereitet – blaue Maischips, bedeckt mit Büffelhackfleisch und geriebenem, würzigem Cheddar-Käse. In den Ofen geschoben, bis der Käse gerade anfing zu schmelzen. Sie hatte die Chips mit Skidi geteilt.

Als es Mitternacht schlug, hatte sie den Korken des Moët knallen lassen, sich ein Glas eingeschenkt und auf Skidi angestoßen. Die Wölfin legte daraufhin fragend den Kopf schief.

Dann, weil man das an Silvester eben so macht, begann sie, über das vergangene Jahr nachzudenken.

Ein großer Fehler.

Sie beschloss, mit all den positiven Dingen anzufangen. Ihr Leben heute war viel reicher, als es VDW war (Vor dem Werwolfdasein).

Davor hatte Sara ein einfaches Leben in einer Hütte in den Ausläufern der Rocky Mountains in Colorado geführt. Ihre Freunde sagten, sie würde sich nach ihrer Scheidung verstecken, aber sie dachte, sie wäre glücklich gewesen. Sie *war* glücklich gewesen, verdammt noch mal.

Sie hatte sich mit einem alten Lupiti-Mann angefreundet, der eine Meile entfernt wohnte. Joe White Wolf war sein Name. Ein Einzelgänger und ein Denker. Ein Individualist – mit seinem langen grauen Haar zu einem einzigen Zopf geflochten und einem Gesicht, das so alt war, dass es prähistorisch aussah.

Sie mochte all das seltsame Zeug, das er über die Natur wusste. Manchmal gingen sie wandern und Joe schien alles über die Pflanzen, den Boden und die Tiere zu wissen, denen sie begegneten.

Er hatte ihr Bücher zum Lesen geliehen. Über die Geschichte der US-Regierung im Verhältnis zu den verschiedenen Stämmen. Über Tiere und Pflanzen. Über Lupiti-Volksmärchen.

Hatte er die ganze Zeit, die er sie kannte, tatsächlich darüber nachgedacht, sie zu verwandeln?

Nein, beschloss sie. Zumindest nicht am Anfang. In den ersten paar Jahren hatte er sie selten gesehen.

Joe hatte ihr nie sein Alter verraten, aber er sah aus, als wäre er schon weit in den Neunzigern. Doch nach allem, was sie über Werwölfe wusste, hätte er auch 200 Jahre alt sein können. Oder vielleicht auch nur 40 – schließlich leben natürliche Wölfe viel kürzer als Menschen.

Warum hatte er ihr nichts von alledem erzählt? Vielleicht würde sie in zwei Jahren sterben – und sie musste sofort ihr Testament schreiben! Vielleicht würde sie lange genug leben, um in eine etablierte Kolonie auf dem Mars zu ziehen. Der Punkt war – sie hatte keine Ahnung.

Sara schenkte sich noch ein Glas Champagner ein. Sie beobachtete die Feiernden.

„Zurück zu den guten Sachen", sagte sie.

Zu den „guten Sachen" gehörte definitiv, einen Sinn im Leben zu haben. Ihr wurde jetzt klar, dass sie in ihren Jahren in Colorado einfach nur so dahingetrieben war. Existiert hatte. Nur so vor sich hin gelebt hatte.

Sara fühlte sich jetzt selbstbewusster. Mächtiger. Ihr Leben war größer und reicher, anstatt kleiner und ... na ja, vielleicht hatten ihre Freunde recht ... vielleicht hatte sie sich wirklich versteckt.

Im vergangenen Jahr hatte Sara einen Sexhändler getötet, einen korrupten Politiker, der seine schwangere Geliebte hatte ermorden lassen, einen politischen „Problemlöser", der den Mord arrangiert hatte, einen Drogenboss und mehrere Schläger, die alle versucht hatten, sie umzubringen.

Komisch, seine guten Taten daran zu messen, wen man getötet hat, dachte sie. Aber in jedem dieser Fälle gab es Opfer, die kurz davorstanden zu sterben und die nur dank Sara überlebten. Also ja. Sie hatte bei jedem dieser Tode ein gutes Gefühl.

Viele der Menschen, die sie gerettet hatte, hatten Lupiti-Wurzeln. Sara war hier in Oklahoma in die Nähe der Lupiti-Nation gezogen. Weil sie das Gefühl hatte, Joe etwas zu schulden. Und weil es irgendeine Verbindung der Lupiti zu dem geben musste, was aus ihr geworden war.

Aber wer wusste schon, was das für eine Verbindung sein könnte? Sie wusste es jedenfalls nicht. Denn am letzten Tag seines Lebens ritzte sich Joe etwas mit einem zeremoniellen Messer auf die Brust. Als sie hinging, um die Blutung zu stillen, nahm er ihre Hand, schnitt sie am Handgelenk und presste dann ihr Handgelenk auf seine Brust. Vermischte ihr Blut.

Dann sagte er zu ihr ... was war es? Er sagte: „Es tut mir leid, aber ich musste es versuchen."

Dann dieser Mistkerl ... Moment mal – vielleicht wortwörtlich? Sara schnaubte und nahm noch einen Schluck.

Dann drehte sich der Mistkerl um und sagte kein Wort mehr zu ihr. Er beschloss einfach zu sterben. Und das tat er. Innerhalb einer Stunde.

Und ließ sie ohne Antworten auf eine Million Fragen zurück. Ließ sie zurück, ohne die Regeln dieses Werwolflebens zu kennen. Was durfte sie tun? Was sollte sie nicht tun? Sie war darauf angewiesen, Werwolf-Romane nach Hinweisen zu durchforsten. Werwolf-Romane!

Sie fand Dinge durch ihre Fehler heraus. Sie fand heraus, dass sie sich nicht bei Vollmond verwandeln musste – obwohl es sich großartig anfühlte, wenn sie es tat. Sie fand heraus, dass sie rohes Fleisch essen musste, um sich wieder in einen Menschen zurückzuverwandeln. Und sie musste all ihren Silberschmuck wegsperren. Was ärgerlich war, denn eine kleine Silberkette war alles, was ihr von ihrer Mutter geblieben war.

Sie dachte, sie schlug sich ziemlich gut, wenn man alles bedachte. Bis zu ihrem letzten „Fall." Dieser war nicht für den Stamm. Es stand nicht einmal das Leben von jemandem auf dem Spiel. Sie war in einen Drive-through-Zoo gefahren und hatte einen Wolf unter schrecklichen Umständen gesehen.

Sie war durchgedreht. Sie startete eine Rettungsaktion, die den Wolf rettete – und am Ende zur Schließung des Zoos führte. Die Tiere fanden bessere Plätze zum Leben und mehr Futter als die Hungerrationen, die sie bekommen hatten. Ein großer „Sieg" – oder?

Außer, dass der Arschloch-Besitzer getötet worden war. Gefressen, um genau zu sein. Okay, Sara bedauerte das nicht wirklich. Außerdem hatte *sie* es nicht getan.

Aber es gab unbeabsichtigte Konsequenzen. Unschuldige waren in Gefahr geraten. Denn in Wahrheit wusste sie nie genau, was sie tat.

Sie versuchte es. Sie recherchierte, wie sie ihre Operationen durchführen sollte. Sie googelte, was sie brauchte (wie Infrarotdetektorbrillen und Nachtsichtgläser). Sie recherchierte die Arbeitsweise der Polizei – damit sie nicht erwischt wurde. Aber sie hatte sich alles selbst beigebracht.

Das Mindeste, was Joe hätte tun können, wäre, ihr ein paar Anweisungen zu geben!

Man verwandelt nicht einfach jemanden in einen Werwolf und stirbt ihm dann weg. Wer würde so etwas tun?

Sara schenkte sich ein weiteres Glas ein. Doch es wurde nur ein halbes Glas. Die Flasche war leer! Hatte Skidi vielleicht daraus getrunken, als sie nicht hingesehen hatte?

Okay, vielleicht auch nicht.

Was dachte Joe wohl, was sie mit ihren neuen Kräften anstellen würde? Oder war es ihm egal? Warum machte er sich keine Sorgen, dass sie sie einfach nur benutzen würde, um reich zu werden?

Naja... genau genommen... saß sie jetzt auf über einer Million Dollar, verteilt auf verschiedene Banken. Es stellt sich heraus, dass tote Bösewichte all das Geld, für das sie beim Anhäufen gemordet hatten, nicht brauchen – stell dir das mal vor!

Dachte Joe, er kenne sie so gut? Wusste er, dass sie sie einsetzen würde, um denen zu helfen, die zum Opfer fielen? Denn von Anfang an – genau davon fühlte sie sich angezogen. Menschen helfen zu können.

Kam das automatisch mit dem Lupiti-Werwolfsblut?

Vielleicht sogar noch mehr, als Opfern zu helfen, gefiel es ihr, den Arschlöchern, die dachten, sie könnten jeden nach Belieben misshandeln und töten, das Handwerk zu legen. Es gefiel ihr wirklich, den harten Kerlen zu zeigen, dass sie nicht die Platzhirsche in der Stadt waren. Vielleicht kam das auch mit dem Blut?

Okay, wo war sie? Ach ja. Unbeabsichtigte Konsequenzen. Denn wegen ihres Patzers im Zoo waren zwei Löwen ausgebrochen. Wegen Sara hätten diese Löwen in die Stadt gelangen können. Sie hätten unschuldige Menschen töten können. Haustiere töten.

Der einzige Grund, warum das nicht geschah, war, dass die Polizei die Löwin getötet hatte. Auch ihre Schuld. Und der männliche Löwe hatte seine Gefährtin verloren.

Wegen Sara. Eigentlich wegen Joe. Weil er gestorben war, ohne ihr auch nur ein verdammtes Wort zu sagen!

Sara rieb sich die Augen und war überrascht, dass sie nass waren. Dann drehte sie sich in dem Sessel auf die Seite und weinte.

3

Eine Bewegung riss Sara jäh in die Gegenwart zurück. Das war ein weiteres Geschenk der Wolfsgötter. Nichts bewegte sich, ohne ihre Aufmerksamkeit zu erregen.

Die Tür des gelben Hauses hatte sich geöffnet. Ein alter Mann stand im Eingang und sah sie an. Er sah sogar noch älter aus als Joe. Langes, graues Haar, nach hinten gebunden. Ein Gesicht wie ausgetrockneter Schlamm, in den Wasser tiefe Rinnen gespült hatte. Dunkelbraune Augen, die sie einfach nur anstarrten und ihr tief ins Innere blickten. Sie konnte den Blick nicht abwenden.

Schließlich nickte er mit dem Kopf leicht in Richtung Tür und ging wieder hinein, wobei er sie offen ließ.

Sara schluckte. Sie griff nach der Pendleton-Decke, die sie mitbringen sollte. Anscheinend besuchte man einen Ältesten nicht, um ihn um etwas zu bitten, ohne ein passendes Geschenk dabeizuhaben.

Sie stand auf, strich ihr Hemd und ihre Jeans glatt und kickte den Staub von ihren Cowboystiefeln. Sie fuhr sich mit den Fingern durch ihr zotteliges braunes Haar und atmete tief durch.

Sie stieg die beiden Betonstufen hinauf und blickte durch die Tür. Der Raum war klein. Gerade groß genug für eine kleine, hellbraune Couch und einen einzelnen, bequemen roten Sessel, in dem nun der

Mann saß. Auf dem Boden lagen Teppiche und an einer Wand hing eine kunstvoll gewebte Decke. An dieser Wand stand eine Truhe, auf der zwei Bündel lagen. Sie sahen aus wie sehr große Medizinbeutel.

Sara riss den Kopf wieder zu dem Mann herum. Er war etwa so groß wie sie, um die eins siebzig – vielleicht ein paar Zentimeter mehr. Er deutete mit einem Nicken auf die Couch.

„*Kuuras*", sprach sie ihn an. Man hatte ihr gesagt, sie solle nicht seinen „weißen" Namen benutzen. Kuuras bedeutet auf Lupiti „Priester", aber auch „alter Mann."

„Mein Name ist ...“

„Ich weiß von Euch", sagte er und beendete das Thema.

„Ich habe Euch dieses Geschenk mitgebracht." Sie reichte ihm die Decke und setzte sich auf die Couch.

Er betrachtete die Decke. Dann nickte er langsam und anerkennend. Er sah aus, als wollte er seine Zustimmung gar nicht geben. Als wäre sie ihm zutiefst zuwider.

Er musste sie nicht mögen, wurde ihr klar. Nach den Maßstäben der Lupiti war er sehr unhöflich. Kein Angebot von Essen oder Trinken.

„Was wollt Ihr?“

Wow, dachte sie. Unglaublich unhöflich. Keinerlei einleitender Smalltalk. Okay, sie konnte dasselbe unverblümte Spiel spielen.

„Ich möchte mit Joe White Wolf sprechen. Ich habe Fragen an ihn.“

„Er ist tot.“

„Ich weiß. Ich war dabei." Der Mann zog eine Augenbraue hoch.

Sara nahm all ihren Mut zusammen. „Ihr seid ein *Kuuras*. Das bedeutet, Ihr seid ein Vermittler zwischen dem Menschen und den übernatürlichen Kräften des Lebens. Ihr sprecht mit Geistern. Ich möchte mit dem von Joe sprechen.“

Der Mann schrak zurück. „Was wisst Ihr davon?“

„Ich habe gelernt, was ich konnte. Ich habe alle historischen Berichte über die Zeremonien der Lupiti gelesen – von den 1800ern bis in die frühen 1920er. Ich habe über die Sonnenaufgangszeremonie gelesen – sie suchte die Geister der Wölfe.“

Er wurde wütend. Er beugte sich vor. „Das war eine Schamanenzeremonie."

„Ich weiß. Aber in den Büchern steht, dass es Überschneidungen gab. Sowohl Schamanen als auch Priester konnten mit Geistern sprechen."

Er lehnte sich zurück. Er machte eine wegwerfende Geste mit dem Handrücken in Saras Richtung. „Ich habe diese Bücher gelesen. In ihnen steht nichts davon, mit einem toten Mann zu sprechen."

„Ich weiß", sagte sie. „Aber ... hier ist, was ich vermute. Die Lupiti wollten, dass diese Traditionen aufgezeichnet werden – damit sie nicht verloren gehen. Deshalb haben die Ältesten der Lupiti alles aufgezeichnet."

„Aber manche Dinge wollten sie geheim halten. Manche Dinge haben sie nicht aufgezeichnet."

„Joe besaß geheimes Schamanenwissen – das stand in keinem der Bücher. Ich habe einiges davon gelernt."

Die Augen des Mannes weiteten sich ein wenig, als er das hörte.

„Ich glaube, dass auch Ihr geheimes Wissen besitzt – geheimes Priesterwissen. Ich weiß nicht, was diese Geheimnisse sind – aber ich hoffe, dazu gehört, wie Ihr es ausgedrückt habt, mit „toten Männern" zu sprechen."

„Denn ich bin verzweifelt. Ich versuche, Joes Wissen gut einzusetzen. Auch zum Wohl der Lupiti. Eures Volkes. Aber ich muss mehr wissen."

Sara wusste nicht, was sie noch hinzufügen konnte. Sie lehnte sich zurück und wartete darauf, dass der *Kuuras* eine Entscheidung traf. Einen Moment lang kam sie sich dumm vor – so zu argumentieren, als wäre es wirklich möglich, mit den Toten zu sprechen. Aber ... das war auch nicht verrückter, als an Werwölfe zu glauben. Und da das wahr war, würde es dieses hier vielleicht auch sein.

Der Mann rappelte sich mühsam auf. Sara wollte ihm helfen, spürte aber, dass das ein großer Fehler wäre. Sie saß unbewegt da, während er sein Gewicht hochdrückte, indem er sich auf eine Armlehne des Sessels stützte. Er drehte sich leicht, um seine Beine durchzustrecken, dann starrte er sie an, als erwarte er einen Kommentar.

Sie sagte nichts. Er erwiderte ihren Blick nicht länger. Er ging zu der Truhe mit den Medizinbeuteln darauf und wandte sich von ihr ab. Sie konnte sehen, dass sie aus Rohhaut bestanden, die um Stöcke und noch etwas anderes gewickelt war. Sie waren mit einer geflochtenen Schnur zusammengebunden.

„Möchten Sie einen Tee?", fragte er, ohne sich umzudrehen.

„Danke", sagte sie.

Er ging in die Küche. Sie hörte, wie ein Topf mit Wasser gefüllt und ein Gasherd angezündet wurde. Er blieb dort und wartete, bis es kochte. Offensichtlich nutzte er die Zeit zum Nachdenken.

Sara war ermutigt, dass er sie nicht rundweg abgewiesen hatte. Sie dachte, das bedeutete, er *konnte* mit bestimmten Geistern sprechen. Aber würde er ihr – einer weißen Frau ohne einen Tropfen Lupiti-Blut – erlauben, davon zu erfahren? Geschweige denn, es zu tun? Sie wusste es nicht.

Er kam mit zwei alten, nicht zusammenpassenden Keramiktassen heraus. Er stellte ihre auf den Tisch in ihrer Nähe und seine auf den Tisch neben seinem Sessel. Dann ließ er sich vorsichtig in den Sessel sinken.

Sie hob ihre Tasse erst, als er seine hob und daraus trank. Der Inhalt war heiß und bitter. Stark.

Heilige Scheiße, dachte sie. Könnte er es vergiftet haben?

Der Gedanke überraschte sie. Warum sollte sie so etwas vermuten?

Es war der Blick, den er ihr zuvor zugeworfen hatte, als sie über Joe sprach. Da war eine Feindseligkeit. In ihrer Recherche hatte sie gelesen, dass die Priester und Schamanen auf die Kräfte der anderen neidisch sein konnten. Aber in der heutigen Zeit? Nachdem Joe tot war?

„Das Wetter ist heute sehr kalt, finden Sie nicht auch?" Der Mann schenkte ihr ein kleines Lächeln.

Draußen waren es minus vier Grad. „Ja, sehr kalt", antwortete sie. Was war das?

„Wir brauchen diesen Winter mehr Regen. Für den Mais."

Okay, sie würde mitspielen. „Ja, mehr Regen wäre gut."

„Hat Joe Sie verhext?"

Saras Miene versteinerte. Was hatte diese Frage zu bedeuten? Konnte er wissen, dass sie ein Werwolf war? Niemand im Stamm wusste es. Vielleicht wusste er, dass Joe einer war – und versuchte herauszufinden, ob er es an sie weitergegeben hatte? Aber der Begriff „verhexen" wurde in ihren Forschungen spezifischer verwendet. Man glaubte, dass Schamanen denen, die zu ihnen kamen, manchmal halfen und manchmal nicht. Sie entschied sich für diese Interpretation.

„Wie Sie sehen können", sagte sie, „bin ich weder krank noch tot. Also hat er mich nicht verhext."

Sie beobachtete sein Gesicht, während er ihres beobachtete. Dann sah sie seine Entscheidung – er würde ihr eine Absage erteilen. Doch wegen seiner Frage und seiner Feindseligkeit kam ihr plötzlich eine Idee, die ihn umstimmen könnte.

„Wenn ich mit Joe reden kann", sagte sie, „werde ich Ihnen vertrauen müssen, dass Sie jedes Wissen, das er mir gibt, geheim halten. Denn Sie würden natürlich alles mithören."

Das Gesicht des Mannes wurde ausdruckslos. Sie saßen da und sahen sich an.

Sechs Minuten vergingen. Es kam ihr wie Tage vor.

„Kommen Sie morgen Abend wieder. Essen Sie morgen nichts."

Er wies mit strengem Blick zur Tür. Sie hatte verstanden.

„Danke", sagte sie und ging.

4

Es war achtzehn Uhr am folgenden Abend. Sara war in einer Stimmung, in der sie am liebsten irgendetwas getreten hätte. Sie war eine Idiotin. Sie würde sich in die Hände eines Mannes begeben, der Joe hasste und deshalb wahrscheinlich auch sie. Und das alles, um den Rat eines toten Mannes zu bekommen. Als ob das möglich wäre.

Und selbst wenn... würde Joe ihr irgendetwas sagen? Das hatte er vor seinem Tod nicht getan. Und jetzt würde der Priester zuhören. Vielleicht hasste Joe ihn genauso sehr, wie er Joe hasste. Vielleicht war das das Letzte, was Joe wollen würde.

Und... sie hatte *Hunger*! Sie hasste es, einen ganzen Tag lang nichts zu essen.

Sara machte auf dem Absatz kehrt und ging in ihren Fitnessraum. Sie hatte einen Boxdummy namens Versus Bob, der 1,80 Meter groß war und das Gesicht und die Arme eines Mannes hatte. Sie streifte ihre Schuhe ab, zog Handschuhe an und fuhr fort, den Dummy zu schlagen, zu treten und im Grunde windelweich zu prügeln.

Zwanzig Minuten später fühlte sie sich viel besser. Sie hatte ihre Wut abreagiert und konnte nun die Angst darunter erkennen. Sie nahm eine schnelle Dusche und zog sich an.

Sie sah Skidi an. Sie wollte sie wirklich mitnehmen. Im Truck? Aber das war nur die Angst, die aus ihr sprach. Es gab zu viele Möglichkeiten, wie Skidi verletzt werden könnte.

„Ich wäre eine Idiotin, wenn ich keine Angst hätte", sagte sie laut, als sie in ihren Truck stieg. „Aber wenn er vorhat, mich zu verletzen, wird er eine Überraschung erleben!"

Um Punkt zwanzig Uhr fuhr Sara bei dem gelben Haus vor. Wieder wartete sie in der Einfahrt. Wieder öffnete sich die Tür. Der Mann an der Tür war neu. Er war groß. Barfuß und mit nacktem Oberkörper. Ein sehr schöner nackter Oberkörper, wie sie nicht umhinkam zu bemerken. Wunderschöne bronzefarbene Haut, die sich über einige sehr attraktive Muskeln spannte. Ein Zopf aus kohlrabenschwarzem Haar hing ihm vorne herab. Er trug ein schwarzes Tuch, das von seiner Taille bis zu den Füßen reichte – fast wie ein Sarong.

Nicht viel Kleidung für eine kalte Nacht, dachte sie. Aber sie beschwerte sich nicht.

Er wies mit dem Kinn zur Tür, um sie hereinzubitten. Ohne ein Wort zu sagen, führte er sie durch das Haus und zur Hintertür hinaus.

Draußen gab es eine Feuerstelle mit einem lodernden Feuer. Groß genug, um eine beträchtliche Hitze abzustrahlen. Vier einfache Sitzmatten aus Schilf umgaben sie – sonst nichts. Der Mann nickte ihr zu einer der Matten und sie setzte sich.

Er ging, kam dann mit einer Kürbisschale zurück, die er ihr mit beiden Händen entgegenhielt. Sie nahm sie mit beiden Händen entgegen und sah eine Flüssigkeit darin. Der Mann setzte sich auf eine der anderen beiden Matten und machte mit den Händen eine Trinkbewegung.

Sie betrachtete die Flüssigkeit. *Ohne Fleiß kein Preis*, sagte sie sich und trank sie in einem Zug aus. *Meine Güte, war das bitter!*

Ein anderer neuer Mann erschien, der genauso gekleidet war wie der sitzende Mann. Ebenso groß, aber stämmiger. Nicht so gut aussehend. Dieser Mann hatte einen Handbesen und begann, den gesamten Schmutz um das Feuer herum wegzufegen, indem er ihn von der Mitte nach außen bewegte. Er bewegte sich sehr, sehr langsam. Er kehrte und kehrte, bis sie dachte, sie würde gleich schreien. Er machte weiter, bis ein Bereich von etwa sechs Metern um die Matten herum sauber gefegt war. Dann setzte er sich.

Sollte er so langsam sein? Sara schätzte, dass er eine halbe Stunde für etwas gebraucht hatte, was sie in zehn Minuten hätte erledigen können.

Die beiden Männer begannen, auf Lupiti Mantras aufzusagen. Sie saßen beide auf ihren Matten und redeten einfach. Monoton. Fünf Minuten lang. Monoton. Zehn Minuten. Monoton. Fünfzehn. Die Worte änderten sich nie. Etwas wie „Wir sind hier."

Die Matte des *Kuuras* blieb leer.

Schließlich wurde Sara klar, dass sie auf Zeit spielten. Einfach nur Zeit schindeten. Warteten. Worauf?

Sie mussten darauf warten, dass das, was sie geschluckt hatte, seine Wirkung entfaltete. Wahrscheinlich etwas Halluzinogenes. Peyote?

Aber warum die eigentliche Zeremonie bis dahin aufschieben?

Natürlich, dachte sie. Der *Kuuras* wollte bestimmt nicht, dass sie sich an die eigentliche Zeremonie erinnerte. Es war Priesterwissen. Nicht für andere bestimmt. Schon gar nicht für eine weiße Frau.

Ihr wurde klar, dass das bedeutete, dass diese beiden Männer Priesteranwärter waren. Oder wie auch immer man sie nannte. Novizen?

Aber... sie musste sich besser an alles erinnern können, was Joe ihr sagen würde. Sie spürte, wie sie wieder wütend wurde.

Sie bemerkte, dass ihre Atmung schneller wurde. Als hätte sie gerade mit dem Laufen begonnen. Dann schneller. Sie rannte schneller. Ihr Herz! Es pochte in ihrer Brust wie ein Zug, der aus einem Bahnhof schnauft. An Fahrt aufnimmt. Sie konnte es hämmern hören. Und hämmern. Und hämmern.

Ein Schmerz begann in ihrer rechten Schläfe. Sie hob eine Hand, um sie zu reiben. Dann schmerzte die linke Schläfe. Sie legte beide Handflächen auf ihre Schläfen, ihre Finger im Haar. Sie rieb ihre Handflächen in Kreisen – und versuchte, den Schmerz zu lindern.

Sie bemerkte eine Bewegung. Der *Kuuras*trat ans Feuer. Er trug ein weißes, langärmeliges Hemd mit Kragen und einen weißen Baumwollschal, der um seine Taille gebunden war. Er hatte ein weißes Stoffband aus demselben Material, das von seinem Hals bis zu seiner Taille hing. Seine Haare waren vorne zu zwei Zöpfen geflochten, die ihm bis zur Taille reichten. Sie waren mit demselben weißen Tuch um seinen Hals gebunden.

Es war ein bescheidener Look. Nicht so schillernd, wie sie es erwartet hatte. Aber ... irgendwie noch mächtiger. Denn er brauchte das Gepränge nicht – seine Macht war auch ohne es stark.

Beide sitzenden Männer erhoben sich und hielten die Arme des *Kuuras*, als dieser sich auf die leere Matte niederließ. Dann gingen sie ins Haus und kamen wieder heraus. Der gut aussehende Mann trug das Bündel, das Sara im Haus gesehen hatte. Der andere Mann trug eine Art Fächer – aus Federn gemacht – und eine Pfeife. Die Pfeife war aus einem einzigen Stück Holz geschnitzt. Sie sah aus wie ein umgedrehtes „T", dessen Pfeifenkopf in der Mitte nach oben ragte. An einem Ende war ein längeres Mundstück befestigt.

Die beiden Männer reichten dem *Kuuras* ihre Gegenstände jeweils mit beiden Händen und setzten sich dann wieder auf ihre Matten.

Der *Kuuras* nahm etwas aus seiner Tasche und stopfte es in die Pfeife. Dann zündete er sie an und führte sie zum Mund. Seine Augen waren direkt auf Saras gerichtet, als er den Rauch ausblies.

Saras Stirn legte sich in Falten, als sie sah, wie die braunen Augen des *Kuuras* die Farbe änderten. Sie wurden orange. Dann wurden sie rot. Dann begann ein gelbes Feuer in dem Rot zu leuchten. Der Mann starrte sie an, während sich seine Augen in Feuer verwandelten.

Sara blickte nach links. Der gut aussehende Mann neben ihr wurde blau. Zuerst nur sein Gesicht. Dann seine Brust. Schließlich seine Füße.

Sie wandte sich dem Mann zu ihrer Rechten zu. Er war ganz gelb. Und ... er sah aus, als würde er schmelzen. Das Gelb tropfte von ihm herab. Sein Gesicht schmolz in Zeitlupe.

Sara legte ihre Hand auf ihr Herz. Sie rang nach Luft und ihr Herz schlug wie eine Buschtrommel.

Die ganze Welt schmolz. Die Farben verliefen ineinander. Funken aus dem Feuer tanzten. Wie kleine Feen. In verlaufenden Farben.

Von weit her hörte sie den *Kuuras* singen. Die Worte bedeuteten nichts. Es war Lärm. Es war Musik. Sie verband sich mit den Geräuschen der Nacht und erschuf eine Welt voller Musik.

Sie hörte zwei Lupiti-Worte. Immer und immer wieder. *Skiri Takar*. Sie wusste, dass *Skiri* Wolf bedeutete. Aber da war Wut in der Stimme. Verachtung in der Stimme. Warum waren alle so wütend, wenn die Welt so wunderschön war? So voller Farben! Voller Musik.

Wie aus weiter Ferne hörte Sara sich selbst sagen: „Oh nein!" Ihr Magen versuchte, sich seinen Weg nach oben und aus ihrem Mund herauszufressen. Es war schrecklich. Sie schaffte es kaum, sich zur Seite zu drehen, bevor sie Sturzbäche von Erbrochenem spie. Erbrochenes wie das des Mädchens aus dem Exorzisten. Grünes, brennendes, feuriges Erbrochenes. Zwischen den Würgeanfällen schnappte sie nach Luft.

Endlich beruhigte sich ihr Magen. Leer. Sie war erschöpft. Sie drehte sich wieder nach vorne und legte ihren Kopf auf ihre Beine. Vielleicht konnte sie auf dieser Wolke schlafen?

„*Skiri Takar*. Joe White Wolf. *Skiri Takar*." Die Stimme war schon seit einer Ewigkeit zu hören. Vielleicht schon immer. Immer und immer wieder.

Warum konnten sie sie nicht schlafen lassen?, fragte sich Sara. Moment mal! Takar bedeutete weiß, oder nicht? Weißer Wolf? Joe?

„Joe?"

Sara blickte auf. In die Flammen des Feuers. In den Rauch, der um die Flammen tanzte.

„Joe?"

Sie hörte eine Stimme in ihrem Kopf. Joes Stimme!

Sprich in deinen Gedanken, sagte er. *Der Priester darf es nicht hören.*

Okay, dachte sie ihm zu. *Warum hast du mir nicht geholfen? Mich nicht wissen lassen, was mich erwartet? Was ich tun soll?*

Sie konnte ihn eine Grimasse ziehen sehen. *Du willst ein Regelbuch? Tritt einem Kult bei.*

Aber warum hast du mich ausgewählt?, dachte sie.

Warum nicht?

Sara stöhnte. *Das ist nicht hilfreich!*

Du hast die Gabe der Götter und jammerst herum?

Sara wollte vor Frustration schreien, aber dann hielt sie inne. Dachte nach. Joe hatte recht.

Warum ich und nicht jemand von den Lupiti?, dachte sie ihm zu.

In ihrem Kopf herrschte Stille. Sie wartete. Sie sah sich um. Der *Kuuras* starrte sie an.

Joe kehrte in ihren Kopf zurück. *Ich war wütend auf den Stamm. Dieser „Priester"* ... Die Worte klangen in ihren Gedanken wie der unflätigste Fluch, den man sich vorstellen konnte.

Dieser „Priester" hat mir alles gestohlen. Mein Herz. Meinen Geist. Der Stamm stand hinter ihm. Ich bin gegangen. Ich wollte nichts mehr mit ihnen zu tun haben.

Aber ..., fuhr er fort. *Ja, meine Gabe sollte zu den Lupiti zurückkehren. Irgendwann. Wenn du es wünschst, wähle einen, der würdig ist, und gib sie an ihn weiter. Hast du noch mein Messer?*

Ja, dachte sie ihm zurück. *Ich habe es. Ich werde es tun.*

Aber ..., dachte sie. *Das bedeutet, du glaubst, ich bin würdig?*

Die Stimme war still. Der *Kuuras* und die beiden Männer starrten sie alle an. Sie sahen alle misstrauisch aus.

Endlich kehrte Joe in ihren Kopf zurück. *Jede Person bringt etwas anderes in die Gabe ein*, sagte er ihr. *So auch du. Aber ich wusste, dass du sie nicht missbrauchen würdest.*

Sara lächelte erleichtert. Sie nutzte sie so gut sie konnte. Und anscheinend war das alles, was von ihr erwartet wurde.

Der *Kuuras* hatte den Männern neben sich eine abrupte Geste gemacht. Sie erhoben sich und gingen zu ihm. Sie nahmen seine Arme und hoben ihn hoch. Der gut aussehende Mann sah sehr besorgt aus. Die anderen beiden sahen wütend aus. Und ängstlich. Als ob sie einen Angriff erwarteten.

Du schuldest mir ein Leben, sagte Joe plötzlich in ihrem Kopf. *Ich werde es jetzt einfordern.*

Plötzlich spürte Sara, wie sie sich zu verwandeln begann. Ohne

Grund! Sie sah, wie ihre Schnauze vor ihren Augen wuchs. Ihre Zähne brannten – sie wurden länger. Ihre Hände verwandelten sich in Pfoten mit scharfen Krallen.

Nein! Sie konnte sich nicht hier verwandeln! Es war geheim! Sie durften es nicht wissen!

Aber sie verwandelte sich.

Sie schrie vor Schmerz, als ihre Wirbelsäule in die Form eines Hundes knackte. Sie lag keuchend da, bis sie wieder atmen konnte, und es fühlte sich an, als ob ihre Rippen brächen.

Sie erhob sich auf ihre vier Pfoten.

Der *Kuuras* zog ein seltsam aussehendes Messer. Aus Feuerstein?

Aber ... er schmolz auch. Er schmolz zu einem Teufel. Mit Hörnern. Und einem roten Gesicht. Er hatte einen Schwanz. Er war alles, was böse war. Alles, wogegen sie je gekämpft hatte.

Töte ihn, drängte ihr Gehirn. *Töte ihn und rette die Welt. Rette das Leben von Frauen. Beschütze Kinder vor diesem Bösen. Töte ihn jetzt!*

Sara trat auf den Teufel zu. Ihr Kiefer öffnete sich. Sie spürte, wie ihr Speichel an ihren Zähnen heruntertropfte.

Töte ihn JETZT, schrie ihr Gehirn. *Töte ihn, bevor er dich tötet. Bevor er die Welt tötet!*

In ihrem Kopf herrschte ein Druck – als ob ein Schraubstock von allen Seiten zudrückte. Sie wusste, sie konnte den Schmerz beenden. Einfach auf den Teufel losstürzen. Gerechtigkeit walten lassen. Den Teufel töten.

Den Mann töten? Den Priester?

„Nein!", wollte sie schreien. Aber ihre Stimme war in ihrer Wolfskehle gefangen.

Sie schüttelte den Kopf. Wieder. Heftig. *Nein! Verdammt!*

Sie wandte ihren Kopf vom Teufel ab. Sie sah den gut aussehenden Mann an. Den gut aussehenden blauen Mann.

Sie heulte ihren Schmerz hinaus. Ihre Verwirrung. Ihre Qual. Und – besonders – ihre Weigerung.

Nein. Nein. Nein. Verflucht seist du, Joe. Ich werde NICHT für dich töten!

Sie starrte in die Augen des blauen Mannes und heulte ihn an.

Plötzlich, wie mit einem Lichtschalter, schaltete sich der Schmerz, der ihren Kopf umklammerte, einfach aus. Verschwand. Hörte auf, als wäre er nie da gewesen.

Sara brach auf dem Boden zusammen. Der Schmerz kehrte zurück, aber diesmal war es Körperschmerz. Vertrauter Schmerz. Sie verwandelte sich zurück in einen Menschen. Als ob das, was sie in einen Wolf gezwungen hatte, verschwunden war. Also kehrte sie zu ihrer früheren Form zurück.

Diesmal war der Schmerz noch schlimmer. Sie atmete flach und zählte die Sekunden. Schließlich lag sie auf der Seite und keuchte, als der Schmerz nachließ. Sie war nackt und schwach. Aber das Feuer war warm. Und die Funkenfeen tanzten immer noch – und verbreiteten überall warme, schmelzende Farben.

Der blaue und der gelbe Mann sahen sich um. Verwirrt. Der *Kuuras* stand stocksteif da. Seine Augen waren auf das Feuer gerichtet. Auf den Rauch, um genau zu sein. Den Feuerrauch, der wirbelte und wirbelte, als ob er sich drehte. Das konnte er doch nicht, oder?

Dann hob der *Kuuras* sein Messer. Er stürzte sich auf das Feuer zu. Auf den Rauch zu.

Der Rauch schoss auf den *Kuuras* zu. Er umgab ihn. Wirbelte wie ein Tornado um ihn herum.

Der Priester hieb mit seinem Messer auf den Tornado ein. Immer und immer wieder. Seine Augen waren weit aufgerissen. Aber er sah uns nicht an.

Der Rauch schloss sich um ihn, als wollte er ihn ersticken. Rauchschwaden drangen ihm in die Nasenlöcher.

Der gelbe Mann zückte sein Messer und bewegte sich auf den Rauch und den *Kuuras* zu. Aber der blaue Mann schüttelte den Kopf. Nein.

Sara erkannte, dass Messer und Fäuste in diesem Kampf nutzlos waren. Die drei waren zu bloßen Zuschauern geworden.

Der Rauch verfestigte sich noch mehr. Man konnte beinahe die Gestalt eines Wolfes erkennen. Der *Kuuras* ballte seine Hände zusammen – als könnte er den Rauchwolf am Hals packen und ihn erwürgen. Er kniff die Augen zusammen. Er öffnete den Mund, um dem Rauchwolf seine Flüche entgegenzuschreien.

Der Rauch schoss nach vorne. Er fuhr ihm in den offenen Mund und warf den *Kuuras* auf den Rücken. Dieser wand und wälzte sich, als würde er mit dem Rauch ringen.

Dann hörte der *Kuuras* auf, sich zu bewegen. Er starrte auf einen Punkt nur wenige Zentimeter vor seiner Nase. Er sagte einige Worte. Zu leise, als dass Sara sie hätte hören können. Dann reckte er sein Kinn zum Himmel. Er hob die Arme und breitete sie zu beiden Seiten aus.

Er sagte „Warihac" – was so viel bedeutet wie „Es ist vollbracht." Dann verlor sich sein Blick und seine Atmung verlangsamte sich. Und wurde langsamer. Und dann noch langsamer.

Die Haut des *Kuuras* wurde schwarz in seinem Gesicht. Von der Stirn abwärts. Das Schwarz zog sich weiter über seine Brust und seinen Körper. Es sah aus, als würden die Funkenfeen seine Haut schwarz malen. Für den Tod.

Sein letzter Atemzug war schon Minuten her, als der gut aussehende blaue Mann schließlich zu ihm trat und seine blaue Farbe ablegte, als würde er sie abwaschen. Er legte seine Hand auf das Herz des *Kuuras*. Dann senkte er den Kopf. Seine Lippen bewegten sich. Der gelbe Mann, dessen Farbe ebenfalls von ihm abzutropfen schien, gesellte sich zu ihm.

Nach einer Minute stand der gut aussehende Mann auf. Er ging ins Haus und kam mit einer Decke zurück.

Er trat vor Sara. Sie schaffte es, aufzustehen. Sie war standfester, als sie gedacht hätte. Sie sah den Mann an. War die blaue Farbe immer noch in seinen Augen? Aber nein. Es musste eine Täuschung des Lichts gewesen sein.

Er reichte ihr die Decke.

„Gehen Sie jetzt. Was nun folgt, ist nur für Priester. Können Sie fahren oder soll ich jemanden holen, der Sie fährt?"

Sara hüllte sich in die Decke. Sie drehte sich um und ging um die Feuerstelle herum. Sie war standfest. Außerdem würde sie auf gar keinen Fall zulassen, dass jemand herausfand, wo sie wohnte. Schon gar kein Priester. Egal, wie gut aussehend der Kerl war.

„Wir müssen reden", sagte er. „In zwei Tagen? Donnerstag um 15 Uhr? Am Eingang zum Festplatz?"

Sara stimmte zu.

Der ehemals gelbe Mann hatte telefoniert. Als Sara wegfuhr, kam ihr ein Lastwagen entgegen, der zum Haus fuhr. Und sie sah die Scheinwerfer von zwei weiteren Fahrzeugen. Sie kamen, um den toten Priester zu holen.

5

_____

Etwas außerhalb des Festplatzes lag ein alter Baumstamm auf dem Boden. Zwei Tage später saß Sara darauf und hatte die Arme um Skidi geschlungen, als der gut aussehende Mann vorfuhr. Sein Dodge-Truck war staubig und mindestens zwanzig Jahre alt, aber der Motor lief, als wüsste derjenige, der sich darum kümmerte, was er tat.

Der Mann stieg aus – und erstarrte dann. Er starrte Skidi an.

Sara grinste. „Lass uns nicht mehr so förmlich sein. Komm und lerne Skidi kennen", bot sie an. „Sie ist halb Deutscher Schäferhund."

Er schloss die Wagentür und ging langsam auf sie zu. In seinen weichen, abgetragenen Jeans und dem Hemd sah er sogar noch besser aus. Wildlederjacke.

Etwa zwei Meter von Skidi entfernt blieb er stehen. Die beiden starrten sich einfach nur an.

„Und halb Wolf", sagte er.

Sara beobachtete sie. „Sie ist gerade verwirrt, weil ich ihr nicht gesagt habe, ob du Freund oder Feind bist. Ich glaube, ich lasse sie das selbst entscheiden."

Sara deutete auf den Baumstamm. „Setz dich. Und sag mir bitte deinen Namen. Ich kann dich nicht immer nur den blauen Mann nennen."

Der Mann setzte sich. „Blauer Mann?"

„Die Droge, die du mich hast trinken lassen – Peyote?"

„Unter anderem."

„Sie hat euch alle in verschiedene Farben verwandelt. Du warst blau. Der andere war gelb."

„Wirklich ..."

„Hat das etwas zu bedeuten?"

„Mein Name ist Bill. Und es gibt vieles, was ich dir nicht erzählen werde. Wir sind Priester. Du gehörst zu den Schamanen." Er schüttelte den Kopf.

„Aber ich bin nicht wirklich eine Schamanin, oder? Ich bin keine Lupiti."

„Du beherrschst Joes berühmtesten Trick – dich in einen Wolf zu verwandeln. Aber es ist kein Trick." Er schüttelte den Kopf. „Der Großvater meines Großvaters hat gesehen, wie Joe ihn vorgeführt hat. Er sagte, sein Trick sei besser gewesen als all die Tricks der anderen Schamanen. Niemand konnte herausfinden, wie Joe das machte."

„Warte", sagte Sara. „Der Großvater deines Großvaters hat Joe gesehen? Wie alt war er damals?"

„Er war ein alter Mann. Schon damals."

Wow, dachte Sara. *Ich bekomme ein längeres Leben! Aber ein längeres Leben, in dem ich wie eine alte Vettel aussehe. Schade, dass ich nicht so jung aussehend bleibe wie die Vampire.*

„Was soll dieses Lächeln?"

Sara grinste breiter und schüttelte den Kopf.

„Es tut mir leid", sagte sie, „wegen *Kuuras*. Wirst du seinen Platz einnehmen?"

Bill saß eine lange Zeit schweigend da. Dann sagte er: „Wahrscheinlich. Ich bin sein Enkel und ich bin am besten ausgebildet."

„Er war dein Großvater? Das tut mir noch mehr leid." Sara merkte, wie sie Skidi an sich drückte.

Sie sagte: „Darf ich dich fragen, was er am Ende gesagt hat? Kurz bevor er sagte: „Es ist vollbracht"? Für mich sah es so aus, als hätte er aufgehört zu kämpfen."

Bill schüttelte den Kopf. „Ich werde dir die Worte nicht sagen.

Aber er hat aufgehört zu kämpfen. Es war etwas Persönliches zwischen ihnen. Joes Frau hat ihn für meinen Großvater verlassen. Joe versuchte, den Stamm gegen ihn aufzubringen. Dann hat Joe den Stamm verlassen. Wir haben Joe wegen der Taten meines Großvaters verloren."

Sara bemerkte, dass Skidi zu Bill gegangen war. Er kraute ihr geistesabwesend die Ohren. Wahrscheinlich, ohne zu merken, was er da tat.

„Jedenfalls", sagte er. „Es war eine Sache zwischen ihnen. Und es ist vorbei."

Bill sah auf seine Hände. „He!", sagte er und begann dann, Skidi die Ohren etwas hingebungsvoller zu kraulen. „Sie mag mich."

Sie hat einen guten Geschmack, dachte Sara. *Mir gefallen diese Hände auch.*

„Ich schulde dir Dank", sagte Bill. „Für mich sah es so aus, als wärst du gezwungen worden, meinen Großvater anzugreifen. Aber du hast es nicht getan. Stimmt das?"

„Joe wollte, dass ich ihn töte", sagte sie. „Er hat mich gezwungen, mich zu verwandeln. Das konnte ich nicht aufhalten. Und er hat sein Bestes versucht, um mich zum Töten zu bringen. Aber ich bin niemandes Auftragskillerin."

Sie saßen eine Weile da. Die Sonne war warm und die vergangenen Ereignisse schienen weit weg. Sara mochte seinen Geruch. Ihre Nase roch Pferde, Hunde und Motoröl. Und einen Hauch von Irish-Spring-Seife. Und etwas, das durch und durch männlich war.

Sie fragte: „Hatte Joe auch Lehrlinge? Gibt es eigentlich außer Joe noch andere Schamanen?"

„Es gibt hier zwei Schamanen. Joe hat einen von ihnen ausgebildet. Ich kann dir ihre Namen geben, wenn du sie willst."

„Wahrscheinlich. Ich frage dich ein andermal danach."

Bill streckte die Hand aus und berührte mit ihr Saras Wange. Dann stand er auf.

„Sara, ich wünschte … nun ja … Du und ich – wir sind das Lupiti-Äquivalent der Hatfields und McCoys."

Sie lächelte. „Romeo und Julia haben es geschafft."

Er lächelte. „Ja, und sieh mal, wie gut das ausgegangen ist."

Bill drehte sich um und ging zu seinem Truck. Er öffnete die Tür, drehte sich dann um und blickte zu ihr zurück.

„Leb wohl, Sara."

Sie winkte ihm zu und sah ihm nach, wie er davonfuhr.

„Er hat recht", sagte sie zu Skidi und stand ebenfalls auf. „Wir beide wären eine sehr schlechte Idee."

Skidi schnaubte.

Sara grinste.

ENDE

ÜBER DIE AUTORIN

Sue Denver ist von Wölfen besessen! Sie erforscht und fotografiert sie, aber vor allem stellt sie sich vor, wie das Leben wäre – wenn sie tatsächlich ein Wolf SEIN könnte. Gelegentlich – nicht die ganze Zeit!

Außerdem hat sie ein lebhaftes Fantasieleben, in dem sie Menschen in Not rettet und Tyrannen und Peiniger ordentlich vermöbelt.

Indem sie beides miteinander verbindet, schreibt sie auf, wie dieses Fantasieleben wäre – damit du (und sie!) es beide noch intensiver erleben könnt.

WEITERE WERKE VON SUE DENVER

REIHE: Sara Flores, Werwolf-Privatdetektivin

*BUCH I: **Wird ihr erster Fall auch ihr letzter sein?** Die frischgebackene Privatdetektivin Sara Flores steckt bis über ihre Werwolfschnauze in Auftragsmördern und Sprengstoff, während sie versucht, das Leben ihrer ersten Klientin zu retten.* [Novelle, 146 Seiten]

BUCH 2: Wenn ein Milliardär dich tot sehen will ... wie überlebst du? Privatdetektivin Sara Flores wurde angeheuert, um eine Frau zu finden, die vor 192 Tagen ihren Job in einem Casino in Tulsa aufgegeben hat – und seitdem nicht mehr gesehen wurde. Die Polizei sagt, Alaska Brown sei freiwillig gegangen. Das FBI ermittelt nicht. Und nun versucht jemand Tödliches, Sara und ihr Team auszuschalten. Jemand mit unbegrenzten Mitteln. Hat sie das Recht, das Leben aller zu riskieren? Aber ... wie könnte sie anders? Können Sara und ihr dreiköpfiges Team aus Außenseitern es wirklich mit einem Milliardär aufnehmen – oder ist dies der Fall, der sie alle das Leben kosten wird? [268 S.]

BUCH 3: *Mord, Erpressung und eine Werwölfin, die im Yellowstone-Park frei herumläuft. Eine junge Frau ist verschwunden. Sie suchte nach Beweisen dafür, dass ihr Vater vor 11 Jahren ermordet wurde ... dass er nicht in einem Schneesturm in Wyoming ums Leben kam, weil er zu zugedröhnt und zu dumm war, um Schutz zu finden. Sara jagt von Big Sky über das Crow-Reservat bis zum Yellowstone-Park und versucht, das Mädchen zu finden, bevor es das gleiche Schicksal wie ihren Vater ereilt. Aber der Mann hinter ihrer Entführung muss eine milliardenschwere Geldmaschine schützen. In 20 Jahren hat es niemand gewagt, sich ihm in den Weg zu stellen – zumindest ist niemand am Leben, der davon erzählen könnte. Weder der tote Vater des Mädchens. Noch der Kongress. Verdammt, nicht einmal die letzten drei US-Präsidenten. Was kann Sara tun?* [242 S.]

BUCH 4: Sie haben ihren Partner entführt – ihn direkt auf den Straßen von Anchorage geschnappt. Dieser Fall ist anders. Jemand hat Mason Spencer entführt – ihren Partner, ihren hauseigenen Hacker und die Person, die Sara am ehesten als Familie bezeichnen würde. Mason ist der eine Mensch, den Sara auf keinen Fall verlieren darf. Mit seinen Computerkenntnissen fanden sie vermisste Personen. Sie aufzuspüren war sein Job, nicht ihrer. Sie kam erst später ins Spiel – ein Ein-Personen-Rettungskomitee mit einer großen Überraschung für jeden Bösewicht, der versuchte, sie aufzuhalten. Als ihre Spuren zu Leichen führen, befürchtet Sara, sie müsse den ganzen verdammten Staat Alaska auf den Kopf stellen, um Mason zu finden. Aber wird er dann noch am Leben sein? [232 S.]

REIHE: Sara Flores, die frühen Jahre

BUCH 1: Verlassen. Niemand, der ihr zeigt, wo es langgeht. Wie wird sie ihre neuen Kräfte einsetzen? Saras erste acht Abenteuer – von der Zeit, bevor sie zum Werwolf wurde, bis zu ihrem ersten Jahr. Erlebe, wie sie sich in eine Rächerin der Machtlosen und in den schlimmsten Albtraum der Übeltäter verwandelt. Sieben Kurzgeschichten und eine Novelle. [204 Seiten]

BUCH 2: Rache ist süß! Enthält drei Novellen: **VERRAT IN OKLAHOMA** *(Sara wird diesen kleinen Jungen retten, selbst wenn sie dafür der Hälfte der Kriminellen im Bundesstaat die Köpfe abbeißen muss. Wortwörtlich.),* **DER GESTANK DER ANGST** *(Sara ist hinter einem Mann her, der mit der Polizei zusammenarbeitet. Sie kann nicht aufhören, denn sie töten Frauen)* und **AMATEUR-ATTENTÄTER** *(Sara steht vor dem ethischen Dilemma ihres Lebens. Sollte ein Mann für das sterben, was er tun wird?) [210 Seiten]*

www.ingramcontent.com/pod-product-compliance
Lightning Source LLC
Chambersburg PA
CBHW050400030726
47503CB00006B/1945